여전히 명랑한 인생

유방암 경험자입니다만

유방암 경험자입니다만

발행   2022년 05월 09일
저자   소율
펴낸이   한건희
펴낸곳   주식회사 부크크
출판사등록 2014. 07. 15(제2014-16호)
주소   서울특별시 금천구 가산디지털1로 119 A동 305호
전화   1670-8316
E-mail   info@bookk.co.kr
ISBN   979-11-372-8236-0

www.bookk.co.kr

여전히 명랑한 인생

유방암
경험자입니다만

소율 지음

BOOKK✎

차
례

2장 사람은 그저 사람이니까

3장 평범하고 특별한 삶

4장 코로나 시대를 통과하는 법

프롤로그

여전히 명랑한 인생

남의 일인 줄로만 알았던 '암'이라는 병이, 나에게 찾아왔다. 그것은 불청객처럼 원하지 않았던 순간에 들이닥쳤다. 하기야 자신이 암 환자가 되리라 누가 감히 상상이나 했을까? 2011년 마흔넷에 유방암 진단을 받았다.

흔히 '3종 세트'라 부르는 수술, 항암치료, 방사선 치료를 모두 거쳤다. 거기다 편의점의 커피처럼 3+1로 호르몬 치료까지 더해졌다. 남들은 하나쯤 빠지기도 하던데 나는 그렇지 못했다.

하지만 불평할 일은 아니었다. 2022년 쉰다섯, 지난 3월 정확히 만 10년 차 정기검진을 통과했다. 불평이라니, 억세게 운이 좋았던 게다.

재발과 전이 없이 무사히 십 년이란 세월을 지나왔으니까. 그저 감사할
따름이다.

이 책의 첫 페이지는 조금 특별하다. 아들과 나의 세계 여행의 끝에서
유방암이라는 새로운 여정이 시작된다. 2011년 9월, 아들과 함께한 육 개
월간의 세계 여행에서 돌아왔고 한 달 뒤인 10월에 유방암을 발견했다.

수술과 방사선 치료를 끝내고 항암을 준비할 때부터 글을 썼다. 그 전
엔 도저히 책상에 앉아 있을 상태가 아니었다. 처음엔 단순히 블로그에
토해내는 글이었다. 날마다 널뛰는 감정과 생각을 털어놓으면 한결 마
음이 편해졌다. 글쓰기는 나를 다스리는 일종의 도구였다.

그런데 내 글을 읽으며 위안과 용기를 얻었다는 환자분들과 가족분들
이 생겼다. 같은 처지에 있는 이들이 알음알음 블로그에 찾아와 귀중한
댓글을 남겨 주셨다. 기운이 나서 브런치에도 같은 글을 올렸다. 역시
공감해 주시는 독자들이 계셨다.

그때 결심했다. 언젠가 이 글을 모아 책으로 만들어야겠다고. 단 한
사람에게라도 도움이 된다면 그걸로 충분하다고. 결심이 결실이 되기까
지 십 년이 걸렸다. 어쩌면 십 년을 기다린 걸지도 모르겠다. 저처럼 재
미나게 살다 보면 십 년쯤이야 훌쩍 지나갑니다, 이런 말을 하고 싶어
서. 또한, 십 년 후에도 명랑한 내 모습을 보여드리고 싶어서.

이 책은 시간의 순서를 따라간다. 3종 세트의 치료를 마치고 육 개월
후 첫 번째 정기검사를 통과했다. 가장 위험하다는 5년을 무탈하게 넘
기고 나이의 앞자리가 바뀌어 50대가 되었다. 몇 년 후 청천벽력 같은
코로나가 전 세계를 덮쳤다. 그 속에서 흔들리며 살아가는 현재의 삶이
이어진다.

10년 전과 최근의 유방암 치료법은 다소 달라졌을 것이다. 병에 대한 의학적인 설명이나 치료 방법에 대해 자세히 안내하는 내용이 아님을 밝힌다. 다만 유방암을 통과하고 있는 한 사람의 좌충우돌 경험기라고 보아주시면 정확하다.

평생 처음 맞닥뜨렸던 유방암에 대한 이야기이자 평범하고 소소한 일상의 이야기이기도 하다. 나는 투병이란 단어를 좋아하지 않는다. 아무리 힘들어도 내색하지 않고 병과 맞서 싸워야 할 것 같은, 보이지 않는 압력이 느껴진달까? 그냥 주어진 삶을 즐기면서 어깨 힘 빼고 살아도 괜찮지 않을까? 이 책이 유방암 투병기가 아니라 '유방암 경험기'인 이유이다.

'암'이라는 병은, 환자인 나를 비롯해 가족까지 이전과는 다른 가치관으로 살도록 만들었다. 물론 내게 안 왔더라면 좋았겠지만, 생각만큼 최악은 아니었다.

세상의 모든 일에는 손바닥의 앞뒷면처럼 희비가 공존한다는 사실을 깨달았다. 고통 속에서도 기쁨은 숨어있었다. 나는 술래가 되어 기쁨을 찾아다녔다. 독자들께도 삶에서 기쁨을 발견하는 일이 놀이가 될 수 있다면 좋겠다.

그리고 여전히 생은 살 만하다는 것도!

1장

세계 여행의
끝에서

아프리카에서 아시아로, 폴란드로

그때 나는 어둑어둑해지는 방바닥에 누워있었다. 2011년 4월 4일. 봄이지만 쌀쌀했다.

'내일이면 드디어 떠나는구나!'

마구 설레지는 않았다. 여전히 준비는 덜 된 것 같았고, 그렇다고 무엇을 더 챙겨야 할지도 생각나지 않았다. 멍하니 누워있다가 두 손을 가슴에 모았다. 문득 손끝에 무엇인가 만져졌다. 작은 멍울이었다. 물렁거리지도 않고 단단했다. 가슴골에서 가까운 오른쪽 유방 끝부분. 어제까지도 없던 것이었다. 아니 어제까지도 발견하지 못했던 것이었다. 매일 샤워할 때도 전혀 몰랐는데 이상하네. 그러나 마음은 곧 내일로 달려갔다.

'마침내 시작이다.'

가슴의 멍울 따위는 금방 잊었다. 아들과 함께 남아공 케이프타운행 비행기를 탄 이후, 나는 다른 것에 신경 쓸 경황이 없었다. 아프리카는 예상보다 훨씬 척박했다. 가슴 뭉클하도록 친절한 사람들도 만났지만, 간혹 상상을 초월하는 무례함을 겪기도 했다.

우리는 정성껏 세운 계획을 집어던질 수밖에 없었다. 여행은 절대 계획대로 되지 않는다는 걸 일찌감치 깨달았다. 아들은 타고나길 엄마와 찰떡궁합이었다. 열여섯 살 사춘기라고는 하나 다른 사내 녀석들에 비하면 순한 편이었다. 대부분은 손발이 척척 맞았고, 가끔 뻗대는 아이와 다투며 타협하며, 길 위의 날들을 보냈다.

우리는 계획과 루트에 상관없이 마음이 이끄는 대로 대륙을 옮겨 다녔다. 아프리카에서 나와 방콕에서 쉬다가, 네팔로 갔을 때. 네팔 여행의 끝자락에서 그나마 남아있던 사춘기의 무모함도 사라졌다. 그야말로 환상의 파트너였다. 미얀마에서는 본격적인 여행의 재미에 푹 빠졌다.

장기여행은 짧은 여행과 달리 온갖 것을 두루 경험할 수 있다. 즐거움과 괴로움, 모두를 포함한 다양한 측면을 접한다. 험한 일을 겪거나 완전히 지쳤어도 그것을 회복할 시간과 기회가 충분하다. 마냥 좋기만 한 것 같은 상황에서도 한 꺼풀 들춰 이면을 들여다볼 여유가 있다.

우리 여행의 옹골찬 마무리는 동유럽이었다. 아프리카에서 동남아행도 황당하지만, 동남아에서 동유럽도 뜬금없기는 매한가지였다. 정말 루트와 경비를 무시하는 엉뚱한 일정. 그냥 거기에 가고 싶으니까. 이유는 오직 그것뿐.

폴란드로 날아갔다. 동유럽 여행의 시발점이었다. 아프리카와 아시아의 빈국만 돌아다녔는데 유럽에선 모든 게 신기했다. 나는 유럽 여행에 대한 편견이 있었다. 배낭여행이라면 단연 오지 중심으로 다녀야 제맛이라고. 여행을 준비할 때도 관심은 오직 물가가 저렴한 나라들이었다. 유럽은 애당초 고려해 보지 않았다.

그런데 육 개월에 가까운 여행을 통해 마음이 바뀌었다. '유럽도 한번 가보고 싶다' 쪽으로. 유럽은 이번 여행의 '절정'일 터였다. 실제로 폴란드 바르샤바에 도착한 첫날, 예감이 적중했음을 알았다. 그동안의 여행을 통해 우리만의 여행 취향을 발견했다. 유적? 도시? 다 별로. 우리는 자연을 사랑했다. 아름다운 자연이 있는 곳에서 가장 행복했다.

그리고 다른 여행자들과 사귀기를 즐겼다. 어디를 가나 일단 '여행자 사냥'을 시도했다. '여행자 사냥'은 보통 다음과 같다. 딱 봐서 같은 여행자다 싶으면 먼저 말을 건다(이건 주로 내 몫). 알고 있는 정보를 말해주고 우리도 물어본다(이건 아들 몫). 무슨 일이 생기면 적극적으로 도와준다. 상대가 맘에 들면 온갖 대화를 나눈다. 사냥은 99% 즐거운 작업이었다.

폴란드는 동유럽에서 자연을 철저히 보호하는 나라에 속했다. 유럽 최대의 원시림인 '비 아워 비에자' 국립공원을 가지고 있고, 이 숲은 옆 나라인 벨라루스까지 펼쳐져 있다. 폴란드 여행은 각지의 국립공원을 둘러보는 것으로 계획했다. 처음으로 가본 '비 아워 비에자.'

아, 그곳을 떠올리면 향기부터 난다. 숲의 아득한 향기. 국립공원은 자유로운 출입구역과 엄격 보호구역이 나누어졌다. 둘 사이에 성근 나무 대문이 있었는데 안으로 한 발 들어서면, 온몸을 감싸는 향기가 먼저

압도한다. 그저 나무로 된 문 하나일 뿐인데. 안쪽과 바깥쪽의 느낌이 이리 다를 수가. 엄격 보호구역은 가이드 인솔 아래 허락된 세 시간 동안만 들어갈 수 있었다. 육 개월간의 여행 중 가장 빛나던 순간이었다.

그곳은 늘 꿈에 그리던 태초의 숲이었다. 아름드리나무가 하늘로 쭉쭉 뻗어 있고, 나뭇가지 사이로 보석 같은 햇살이 비껴드는 곳. 가도 가도 거대한 숲이 이어져 있었다. 당장이라도 요정이 튀어나올 것만 같았다. 영화의 한 장면에 들어와 있는 기분. 숲 어디에나 가득한 향기로운 공기. 도대체 이 향기는! 세포 하나하나에 스며들어 온몸을 활짝 깨우는 마법의 내음이었다.

폴란드 일정은 원래 한 달이었다. 실제로는 2주밖에 머물지 못했다. 우리는 폴란드를 전부 둘러보지 못하고 돌아와야 했다. 형부의 부고가 날아왔기 때문이다. 특히 전화로 전해 듣는 언니 상태가 심히 걱정되었다. 언니는 형부의 갑작스러운 병세 악화와 죽음으로 매우 힘들어했다.

반면 나는 여행의 절정에 서 있었다. 우리는 말 그대로 '이보다 더 좋을 수는 없었다.' 하루 전만 해도 돌아간다는 것은 꿈도 꾸지 않았다. 형편이 좋아 유유자적 떠난 여행이 아니었다.

여행 기간은 딱히 정해 놓지 않고 그저 육 개월에서 일 년 사이로 잡았다. 육 개월이든 팔 개월이든 돈이 떨어지면 돌아올 심산이었다. 나는 경비를 어렵게 마련했다. 꼬박 삼 년 동안 생활비를 아껴 적금을 들었다. 그게 여행 종잣돈이었다. 그러나 턱없이 부족한 액수였다. 어떻게 해야 조금이라도 경비를 보충할 수 있을까 머리를 쥐어 짜냈다. 아무리 애를 써도 총액수는 예상경비의 절반 수준이었다. 이러니 우리가 얼마나 짠돌이 여행을 했겠는가.

사람들의 예상과 딴판으로 남편은 여행을 찬성하지 않았다. 단지 내 열정을 꺾을 수가 없었다. 아들 역시 여행을 간절히 원했다. '설마 진짜 가겠어? 저러다 그만두겠지.' 싶었는데 끝까지 추진하는 바람에 할 수 없이 승복했다. 말하자면 어쩔 수 없이 대세를 따랐던 것이었다.

2012. 1. 10

여행의
이유

세계 여행을 떠난 이유는 두 가지였다.

첫 번째는 이것이 내 인생의 버킷 리스트, 못 하고 죽는다면 가장 후회할 목록이었다. 뒤늦게 나이 마흔에 배낭여행에 눈을 뜨고 아들과 함께 3주일 동안 동남아시아 여행을 감행했다. 생각보다 어렵지 않았고 생각보다 즐거웠다. 늦게 배운 도둑질이 날 새는 줄 모른다고, 나는 여행이라는 새로운 세상에 빠진 후로 점점 큰 꿈을 꾸기 시작했다. 어릴 적 읽었던 '80일간의 세계 일주'는 그냥 책 속의 이야기인 줄로만 알았는데 실제로 가능한 것이었다. 무엇보다 세계 여행을 떠나는 한국인들이 상상외로 많았다! 그렇다면 우리라고 못 할 건 뭐냐고?

두 번째는 첫 번째보다 심각한 이유였는데, 이대로는 도저히 살 수가 없었다. 멋모르고 살아온 결혼생활 16년. "내 인생 소설로 쓰면 몇 권은 나올 겨." 팔십 먹은 할머니들이나 할 법한 말을 내가 하고 있었다. 다만, 더 이상 같은 소설을 쓰고 싶지 않았다. 나는 다른 소설을 쓰기로 결심했다. 그것이 무엇이 되었든, 어떤 방식이 든, 이전과 다르게 살고 싶었다. 그리고 여행을 준비하면서 이미 다르게 살기 시작했다.

내게 있어 여행의 이유는 '절박함'이었다. 첫째 이유도 둘째 이유도 본질은 절박함. 생명을 가진 존재라면 무엇이건, 단 하나의 지상명령을 갖는다. '살아남아라!' 살아남는 것, 건강하게 살아남는 것. 그것이 숨을 가진 모든 것들의 최고 윤리가 아닐까. 난 떠나지 않으면 죽거나 미치거나 둘 중의 하나였다. 떠나는 것만이 방법이었다. 여행을 통해 살아갈 힘을 얻어야 했다. 앞으로 어떻게 살아야 할지 확실한 방향을 찾고 싶었다.

그렇게 떠나온 내가, 가장 행복한 시기에 돌아가야 한다니. 이제야 여행의 깊은 속살을 조금 들여다본 것 같은데 여기서 중단해야 한다니. 내 가슴은 털끝만큼도 돌아가고 싶지 않았다. 아직 여행은 끝나지 않았으며, 아직 나는 어떠한 결정도 내리지 못했다.

그런데 내 머리가 자꾸 말했다. "그래도 돌아가야 하지 않겠니? 언니가 나만 기다리고 있을 텐데." 이제까지 내가 살아온 방식은 '가슴보다 머리가 시키는 쪽을 해라.'였다. 머리가 또 다그쳤다. "돌아가지 않는다면 너는 이기적인 인간이야. 네 도움을 간절히 원하는데 그걸 외면할 셈이야? 평생 죄책감 느끼지 않을 수 있어?"

발인이 사흘 뒤였고 고민할 수 있는 시간은 딱 하루가 주어졌다. 가슴은 작은 소리로 힘없이 중얼거렸다. '하지만 어떻게 나온 여행인데, 이게 어떤 여행인데. 아직 원하는 걸 못 찾았는데…….'

마침내 돌아가기로 결정했다. 밤새 미친 듯 검색 질을 해서 한국행 비행기 표를 어렵사리 구했다. 우리가 머물던 도시 포즈난에서 독일 프랑크푸르트를 경유 해 들어가는 항공권이었다. 인천공항에 내리는 순간, 그때부터 나의 신분은 여행자가 아니었다. 변신 로봇처럼 여행자라는 옷을 벗어버리고 생활인이 되었다.

2012. 1. 14

세 번째
변신

인천공항에서 장례식장으로 직행했다.

다음날이 발인이었다. 그날부터 언니네 집에서 열흘을 보냈다. 언니는 집에서 공부방을 운영하고 있었지만, 지속할 수 있는 상태가 아니었다. 일단 공부방부터 접어야 했다. 집안에 가득한 문제집과 책상, 의자, 책꽂이들을 힐값에 넘겼다. 사이사이 언니를 데리고 병원에 다녔다. 별 차도가 없었다. 차라리 엄마가 계시는 친정에 가서 쉬는 게 나을 것 같았다. 언니를 엄마께 보내 놓고 나서야 겨우 한숨을 돌렸다.

여행자에서 생활인으로, 나는 아무렇지도 않은 척 묵묵히 주어진 일을 했다. 하지만 가슴속에서는 찬 바람이 불었다. 아들 역시 혼자서 힘겨운 시간을 보냈다. 학교까지 그만두고 야심 찬 장기여행을 떠났던 아이였다. 걔는 걔대로 여행에서 얻어야만 할 게 있었다. 끝나지도 않은 여행을 정리하지도 못한 채, 느닷없이 불려 와야 했다. 나만큼이나 아이도 괴로워했다. 나중에야 나는 알아차렸다. 내가 아들에게 얼마나 가혹했는지, 결정적인 순간조차 얼마나 타인을 중심에 두고 살아왔는지. 가장 소중한 나 자신과 내 아이를 보호하지 않는 행동을 하면서 말이다.

겨우 집에 돌아와 보니 던져 놓은 배낭이 그대로였다. 그러고도 한동안 배낭을 풀 수가 없었다. 나는 여행이 끝났음을 인정하기 싫었다. 거실에는 두 개의 커다란 배낭이 자리를 차지하고 앉아 있었다, 마치 사람처럼.

그동안 가슴의 멍울은 날 때부터 그 자리에 있었던 양 똑같았다. 여행 중 한순간도 멍울을 걱정한 적은 없었다. 무슨 배짱이었는지 모르겠다. 무식해서 용감했던 건지, 아니면 담대했던 건지. 이제는 좀 나를 돌보고 싶었다. 그제야 멍울이 눈에 들어왔다. 일단 검사나 받아보자. 도대체 이게 뭔지. 정말 가벼운 마음이었다. 그러나 결과는 최악이었다.

"암세포가 나왔습니다."

의사는 굉장히 미안한 듯 말했다. 이상하게 담담했다. 그랬구나, 그게 암이었구나. 그저 그뿐이었다. 머릿속이 하얘지지도 않았고 울음이 터져 나오지도 않았다. 누가 보았다면 '감기네요.'라는 말을 듣는 줄 알았을 것이다. 그냥 이해가 됐다. 나는 암에 걸린 이유를 정확히 이해했다. 원인을 아는데 결과를 받아들이지 않을 도리가 있나. 그래, 암에 걸릴 만도 하지. 다르게 살아보겠다고 긴 여행을 떠났는데 이미 늦은 거였구나. 아등바등 결혼생활 16년을 견뎌왔는데 결국 이리되었구나. 지나치게 버티고 지나치게 참았구나. 참을 수 없을 지경까지 참았구나. 그래서 이렇게 되었구나.

옆에 앉아 있던 남편은 엄청난 충격을 받았다. 유방암이라는 진단은 나보다 그에게 더한 쇼크를 주었다. 이렇게 나는 또 한 번 변신했다. 벌써 세 번째다. 여행자에서 생활인으로, 다시 또 유방암 환자로.

2012. 1. 19

넙죽
받아들이기

마흔다섯 해를 살면서 암에 대해서 조금이라도 생각해 본 적이 없었다.

가족이나 가까운 지인 중에 암에 걸린 사람이 없었다. 어찌 보면 행운이었지만 반면에 약점이기도 했다. 경각심이라곤 전무했으니까. 주위를 둘러보면 셋 집 걸러 한 집은 암 환자가 있는 편이었는데 나는 그런 걸 모르고 살았다. 이십여 년 전쯤 둘째 이모가 위암으로 돌아가셨었다. 워낙 오래된 일이라 잊고 지냈다.

할머니, 엄마, 아부지 모두 장수 체질이었다. 할머니는 잔병치레 없이 백 살 가까이 사셨다. 아부지도 2011년 당시 일흔아홉이었지만 건강하게 일을 하셨다. 살다 보면 언젠가 암에 걸릴 수도 있다는 생각을 당최 해 보질 않았다. 남들은 하나씩 있는 암보험도 들어놓지 않았다.

걸릴 위험이 거의 없는 심각한 병에 대한 대비보다 일상의 소소한 질병을 보장하는 게 낫다고 여겼다. 그래서 실비보험만 들었는데, 이것 덕분에 병원비 부담을 덜긴 했다.

몸에 대해서는 별로 관심이 없는 축이었다. 나의 관심사는 주로 '마음'이었다. 몸으로 하는 일은 둔하기 일쑤였다. 체격도 왜소하고 근력도 약했다. 어릴 때도 고무줄놀이보다는 공기놀이를 즐겼다. 고무줄 위로 가볍게 뛰어다니는 아이들이 살짝 부러웠다. 그래도 나에겐 앉아서 하는 공기놀이가 더 재밌었다. 아니면 방바닥에 엎드려 책에 코를 박고 있거나, 글씨를 쓰거나, 그림을 그리거나.

결혼하고 나자 진짜 인생을 맛보라는 듯 거센 파도가 몰려왔다. 연애할 때의 그는 분명 내 편이었는데 남편이 된 그는 완전히 남의 편이었다. 정확히 말하면 그의 부모님 편, 남들의 시선 편이었다. 결혼하기 전에는 거리가 멀었던 효자 노릇에만 집중했고 남편 노릇에 대해서는 무관심했다. 시댁은 아들을 등에 업고 며느리(+손자)를, 즉 한 가정을 손에 쥐고 흔들었다. 우리 가정은 시댁에 속한 세트 메뉴 중 하나였다. 그것도 곁다리 메뉴. 나는 도저히 헤어나올 수 없는 구렁에 빠진 느낌이었다. 남편과 나는 수없이 싸움을 반복했다. 그렇게 16년. 소금에 절인 배추 같은 내 모습이 보였다. 원래의 내가 어떤 모습이었는지 기억나지 않았다.

나는 미치도록 괴로울 때마다 마음공부를 찾아다녔다. 마음에 관한 책이라면 열심히 찾아 읽었다. 마음을 다스리는 법에 대한 강좌를 들었다. 대학교 평생교육원의 카운슬러 과정을 일 년 공부하기도 했다. 고통스러울수록 더욱 마음을 챙기려고 노력했다. 잘 살아내기란 그렇게 쉽지 않은 일이었다.

그럼에도 불구하고 스트레스는 내게 암을 불러 왔던 것이었다. 결국, 마음을 제대로 다스리지 못했다. 몸과 마음이 하나임을 깨닫지 못했다. 나는 몸의 병보다 마음에 우울증이 올까 봐 걱정했었다. 마음을 다스리려 노력하며 살았기에 이제껏 잘해온 줄로만 알았다. 하지만 역부족이었거나 반대로 너무 애를 쓴 게 문제였거나. 어쨌든 삶은 내게 '유방암 환자'라는 성적표를 던져 주었다. 냉정한 중간평가였다. 싫든 좋든 넙죽 받아들일밖에.

병원은 집에서 가장 가까운 서울성모병원을 선택했다. 아는 의사가 있었던 건 아니었다. 오랫동안 병원을 드나들어야 하므로, 교통이 편리한 곳이 낫다는 주변의 조언을 받아들였다. 자동차로 25분쯤이면 도착하고 집에서 한 번에 가는 버스도 있었다.

수술은 2주 뒤로 잡혔다. 지금 돌아보면 겉으로는 태연했지만, 속으로는 멍한 상태였다. 수술 날짜를 뻔히 듣고도 1주일 뒤로 착각했다. 어쩐 일인지 내 기억엔 '다음 주'라고 입력이 되어있었다. 아마 빨리 수술을 해야 한다는 조바심이 그렇게 만들지 않았을까? 날짜가 되어도 입원하라는 연락이 오지 않았다. 이상하다고 생각하며 전화를 했다. 이런, 그 주가 아니라 그다음 주였다. 이렇게 바보 같을 수가! 의식하지는 못했지만 그만큼 당황했다는 의미였다.

또 하나. 평소의 나였다면 유방암에 관한 책부터 찾아 읽었을 터였다. 무슨 일이 생기면 그것에 관련한 책부터 들고 파는 게 내 습성이다. 이때는 수술을 받기까지 책 한 권 뒤져보지 않았다. 인터넷 검색만 해 보았을 뿐, 책을 읽어 볼 생각이 들지 않았다. 이건 나답지 않았다. 역시 내면으로 꽤나 충격을 받은 게 틀림없었다.

남편은 나보다 더 안절부절못했다. 수술 날까지 어떻게 2주일이나 기다리냐고 야단이었다. 그는 뜻밖의 제안을 했다. 집에서 기다리면 답답할 테니 제주도에라도 며칠 다녀오라는 것이었다. 어쩌면 바라보는 자신이 답답해 못 견딜 것 같다는 뜻으로도 들렸다. 어쨌거나 나쁘지는 않겠다 싶었다. 같이 가준다고 했으나 나는 거절했다. 혼자 조용히 쉬면서 생각을 정리하고 싶었다. 근데 생각 정리가 안 되더라. 정리는커녕 아무 생각도 안 나더라. 금능 바닷가에서 바람만 쐬다가 돌아왔다.

2012. 1. 25

살기
위해서는

마취가 깨자마자 불쑥 떠오른 한 마디.

'제주도'

수술을 막 하고 난 참이었다. 뜬금없이 웬 제주도? 지난주에 제주도에 갔다 와서 그런가? 잠에서 깨어나면 방금까지 생생했던 꿈을 모두 잊어버리듯, 왜 제주도가 떠올랐는지 수수께끼였다. 우연일까 필연일까.

그다음 튀어나온 속말은 '아, 목이 아파 죽겠다!' 목구멍이 찢어질 듯 아팠다. 아마 산소 호흡기를 몇 시간 동안 끼어서 그랬나 보다. 그리고는 가슴보다 겨드랑이 통증이 심했다.

암의 병기는 수술을 하고 난 뒤에야 정확히 나온다. 나는 2기였다. 오른쪽 유방의 종양 한 개 2.4cm. 겨드랑이 림프절 전이 2개. 수술 전

검사에서는 림프절 전이가 없다고 했었다. 막상 열어보니 전이가 있었던 것이었다. 생각지도 않았던 겨드랑이 림프절 7개를 떼어냈다. 이렇게 되면 오른팔은 부종의 위험을 감수해야 한다. 오른팔로 무거운 것을 들거나 상처가 나면 안 된다. 한 마디로 평생 오른팔을 조심하며 살아야 한다는 결론. 게다가 앞으로는 배낭을 메면 안 된다! 나는 도저히 믿. 을. 수. 가. 없었다.

'못다 한 동유럽 여행을 다시 갈 건데, 배낭을 멜 수 없다니!'

배낭을 메지 못한다면 여행의 폭이 훨씬 좁아진다. 또 한 번, 받아들이고 싶지 않은 현실에 직면했다. "앞으로는 캐리어만 끌고 다녀야겠는걸? 여행 수준이 럭셔리해지시겠어!" 나중에 내가 한 말이다. 하지만 여유를 찾기까지는 긴 시간이 필요했다.

수술하고 2주일 뒤, 방사선 치료가 시작되었다. 모두 33회. 약 7주간 매일 방사선을 쬐었다. 그 후에 항암치료가 이어질 예정. 보통 항암을 먼저 하고 방사선을 나중에 한다는데 나는 순서가 뒤바뀌었다. 의사는 이유를 설명해 주지 않았다.

항암치료에 비하면 아무것도 아니라는 방사선 치료. 하지만 내 경우에는 항암 못지않게 힘들었다. 유독 방사선 화상이 심했던 탓이었다. 시커멓게 그을리는 건 기본이고 물집이 여러 개 생겼다가 터졌다. 피부는 벌겋게 갈라지고 짓무르고 가렵고 따가웠다.

겨드랑이 림프절을 떼어낸 것 때문에 어깨 통증도 대단했다. 견디다 못해 물리치료를 같이 받았다. 겨우 방사선 치료가 끝나자 이번에는 이석증이 생겼다. 귀에 이상이 생겨 어지러움을 느끼는 증상이었다. 방사선 치료에 시달린 후유증 같았다. 수술한 오른쪽 가슴은 물이 차서 탱탱

부어올랐다.

이때만 해도 나는 초짜 환자라 마음을 다스리기가 힘들었다. 여행자에서 생활인으로, 다시 암 환자로, 연이은 변신에 혼이 나갈 지경이었다. 아직도 끊어진 내 여행이 못내 가슴 저렸고, 쓰다가 멈춘 여행기가 아른거렸다. '나는 환자니까 무엇보다도 치료가 우선이다.' 머리로만 생각했다.

마음은 자꾸 다른 데로 향했다. 치료가 끝나면 여행기를 마저 써야지. 영어공부도 다시 시작해야지. 아들 학업은 또 어쩌나? 그저 어서어서 시간이 가기만을 기다렸다. 그렇다. 여전히 내 정체는 '여행자'였다. 내가 암 환자임을 진심으로 인정하지 못한 것이었다. 생활인의 역할을 충실히 수행했으나 그것 역시 가짜였다. 껍데기만 달라진 세 번의 변신.

암 환자가 되면 누구나 토해내는 명언이 있다. '인간관계가 저절로 정리된다.' 먼저 겪은 선배님들 말씀처럼 내 곁에 남을 사람들과 떨어져 나갈 사람들이 홍해처럼 갈라졌다. 아이러니하게도 가까운 사람들로부터 깊은 상처를 받았다. 암 진단보다 이후 치료 과정에서 나는 몸도 몸이지만 마음이 더욱 아팠다. '내가 이렇게 중한 환자인데 어떻게 그럴 수가 있어? 그동안 내가 그렇게 최선을 다해주었는데 나한테 이럴 수 있나?' 밀려드는 원망과 배신감. 작두 타는 무당처럼 날마다 감정이란 놈이 춤을 췄다.

마음이 지옥인데 설상가상으로 괜히 여행을 중단하고 돌아왔다는 후회가 더해졌다. 수술하기 전까지는 잘 온 거라고 믿었건만. 어쩔 수 없이 돌아왔지만, 덕분에 암을 발견했고 수술도 빨리할 수 있어서 다행이라고. 그러나 배낭을 포기함과 동시에 다시는 예전으로 돌아갈 수 없다는 사실이 뼈저리게 다가왔다.

대개 유방암은 진행 속도가 빠르진 않다. 병원 일정상 수술하기까지 한두 달 기다리는 것은 예사였다. 계획대로 여행을 다 하고 왔더라도 예후는 상관없었을 것이었다. 가슴이 미어졌다. 아직 몸이 멀쩡했을 때 여행을 마쳤어야 했다고. 장기여행을 할 수 있는, 유일한 기회였는데 머리보다는 가슴이 하는 말을 들어야 했다고. 자신을 가장 사랑하겠노라고 여행을 떠났지만 결국에는 또 나를 놓치고 말았구나. 껌딱지처럼 달라붙어 있던 도리와 의무감에 또 나를 팽개쳐 버렸구나. 자괴감이 몰려들었다. 누구보다 나 자신이 원망스러웠다. 스트레스 때문에 암이 생겼는데 또 스트레스 속에서 허우적거렸다. 그걸 알면서도 개미지옥에 빠진 것처럼 헤어나기 어려웠다.

스트레스는 곧장 독으로 변해 몸을 공격했다. 비유적인 표현이 아니다. 실제로 그랬다. 스트레스를 받은 날에는 전에 없던 물집이 갑자기 생겼다. 있던 물집도 느닷없이 터져 버렸다. 두통이 심해 잠을 이룰 수가 없었다. 절대 스트레스를 받아들이면 안 된다는 사실을 절절히 느꼈다. 누가 스트레스를 준다고 냉큼 받으면 안 되는 거였다. 또한, 스스로 스트레스를 만들면 안 되는 거였다. 잘잘못을 떠나 내가 살아야 하니까, 살기 위해서.

2012. 1. 30

동아줄

끝날 때까지 끝난 게 아니라고 했던가.

7주가 지나 방사선이 끝났지만 끝나지 않았다. 화상과 이석증 치료 때문이었다. 이석증이야 대단치 않았지만, 화상 쪽은 골치가 아팠다. 화상 전문 병원을 따로 찾아가야 했다. 남자 의사 앞에서 웃통을 벗고 수술한 가슴을 내보여야 하는 상황은 정말이지, 끔찍했다. 다시는 겪고 싶지 않았다. 날씨마저 얼어붙게 추웠다. 화상이 낫기까지 총 5주를 기다려야 했다.

그동안 나는 항암치료 준비에 돌입했다. 바로 평온한 마음 만들기. 특히 도움이 되는 심리학책들을 골라 읽었다. 앞으로 항암치료는 무조건 즐겁게 받겠다고 결심했다. 스트레스를 유발하는 모든 것으로부터 피신했다. 그게 사람이든 일이든. 항암치료 하나만으로도 벅찬데 다른 것들과 씨름할 여유는 없었다. 한마디로 삼십육계 줄행랑.

더불어 기쁨을 주는 일을 찾았다. 예를 들면 설 연휴에 제주도로 떠나는 가족 여행 같은 것. 병원에 질려버린 나를 위한 휴식 여행이었다. 그곳에서 우리는 많이 웃었다. 유방암을 겪은 후로 유난히 제주도에 자주 가게 되었는데, 이것이 수수께끼의 해답이었을까? 수술하자마자 떠올랐던 제주도란 단어는 우연보다 필연이었나 보다.

또 열심히 일기를 썼다. 누구에게도 털어놓기 힘든 응어리를 흰 노트에 토해냈다. 무한히 들어주고 받아주는 글쓰기는 나를 지켜 주는 버팀목이었다. 한 시간이고 두 시간이고 온갖 하고 싶은 말을 적다 보면 묘하게 마음이 편해졌다. 숨통이 트여 문제의 실마리가 풀리곤 했다. 마치 어떤 초월적인 존재가 내 손을 통해 해답을 슬쩍 보여주는 것처럼. 그러면 나는 곧 의기충천해졌다.

글쓰기는 나의 기도요, 구원이자 종교였다. 만약 글쓰기라는 동아줄을 죽기 살기로 붙잡지 않았더라면 진작에 나락으로 떨어졌을 것이다.

2012. 2. 2

거짓말 같았다

첫 항암 전날.

종일 감정이 오르락내리락했다. 아침부터 기분이 영 좋지 않았다. 밥을 먹고 걷기 운동에 나섰다. 서울대공원 한 바퀴 돌기. 걸으면서 상쾌하기는커녕 우울한 상념만 떠올랐다. 이러려고 운동하는 게 아닌데.

시초는 어젯밤 꿈이었다. 꿈이 아주 찜찜했다. 나는 학교에 다니고 있었고 어떤 문제집을 검사받아야 했다. 그러나 그걸 해오지 않았다. 다른 아이들도 안 해왔는데 의외로 선생님은 그냥 넘어갔다. 내 차례. 나는 어쩐지 불안한 마음으로 비어 있는 숙제를 내밀었다. 선생님은 내 것만 꼬치꼬치 살펴보았다. 난 퇴짜를 맞고 졸업을 못 했다. 졸업식 같은 것은 없었지만 꿈에서는 늘 그렇듯이 저절로 알 수 있었다. 꿈에서 깨어났다. '난 이미 졸업을 했잖아?' 나는 중얼거렸다. 그 말 또한, 꿈의 일부였다. 두 번째로(진짜로) 잠이 깼다. 이중 꿈을 꾸었다.

꿈에서의 불안감이 현실에서도 고스란히 느껴졌다. 이런저런 생각에 빠졌다. 내일이 첫 항암 날인데 외박한 남편에게 화가 났다. 어제 아침에 집에 들어오는 걸 보고는 나무라지도 않았는데. 꿈꾸다 깨어보니 새삼 화가 치솟았다. 첫 항암이 임박했는데 남편은 친구들과 술을 먹고 안 들어오다니. 그들을 만나면 외박이 기본인 걸 나는 또 까먹었다. 그의 타이밍은 어째서 저 모양일까? 잘하는 듯하다가 중요한 일 앞에서는 왜 엉망일까? 어제 내내 남편은 벌레 씹은 표정이었다. 본인은 숙취 때문이라고 했지만, 나에게는 환자 남편 역할을 하기 싫다는 얼굴처럼 느껴졌다.

오늘 아침에도 그의 안색은 마찬가지였다. 엄마와 아부지도 와 계신데 눈치 없이 구는 남편이 미웠다. 그러니 심사가 좋을 리가 있나. 대공원 한 바퀴를 다 돌았을 때 가까스로 내게 말했다.

'이러면 안 돼. 이래 봤자 나만 힘들 뿐이야.'

애써 스스로 달랬다. 내가 환자가 되기 전에 비하면 그도 달라졌다. 그도 분명 노력하고 있었다. 외박 건 말고는 괜찮았잖아. 그 정도면 잘하고 있는 거라고 퉁 치기로 했다. 그를 위해서가 아니라 나를 위해서.

청계산 옆길로 접어들었을 때 "뜨드르르!" 하는 소리가 들렸다. 정확히 말하면 '뜨'와 '드'의 중간 발음이었다. 딱따구리다! 너 어디에 있니? 높이 솟은 나무줄기들을 살폈지만 보이지 않았다. 그래도 "뜨드르르!" 계속 들렸다. 레몬즙을 몇 방울 뿌려 놓은 것처럼, 공기가 상큼해졌다. 걸음걸음 그 소리가 나를 따라다녔다. 내 가슴속에도 청량함이 울려 퍼졌다.

'그래, 기왕이면 즐겁게 살자!'

그날 밤 남편에게 당부했다. 나를 돌보려면 당신 몸부터 잘 관리하라고. 그는 고개를 끄덕였다. 표정이 뭐랄까, '나도 힘들어' 하는 것 같기도 하고 '미안해' 하는 것 같기도 하고.

"내일이 항암이라는 게 실감 나지가 않아."

"나도 자기가 항암을 한다는 게 실감 나지 않는다."

그도 나만큼 혼란스러운 것이었다. 내일부터 그 무서운 항암이 시작된다는 게 거짓말 같았다. 요즘 마음을 다스리려 책을 읽으며 되뇌곤 했다.

'항암 주사는 암세포만 녹일 거야. 암세포는 불완전하고 약하니까. 정상 세포는 끄떡없을 거야. 손상을 입더라도 금세 회복될 거야. 항암치료는 내게 큰 도움이 될 거야. 치료를 받을 수 있다는 것 자체가 얼마나 다행이야, 감사한 일이지.'

요점은 '항암 주사를 긍정적으로 받아들이자!' 방사선 치료를 할 때는 어리석게도 "방사선이 암세포와 정상 세포 모두를 파괴한대."라는 말을 하고 다녔다. 말이 씨가 된다고 그래서 그렇게 화상이 심했을까? 이번만큼은 부작용 없이 지나가고 싶었다. 난 기쁜 마음으로 항암을 받아들일 테야. 설사 부작용이 생겨도 즐겁게 지내고 말겠어.

2012. 2. 6

두렵지
않았다

늘 그게 궁금했다.

왜 겁나지 않았을까? '암세포'라는 말을 처음 들었을 때도 세상이 무너지는 것 같지는 않았다. 죽는구나 싶지도 않았다. 암이라니, 이제 죽을 수도 있다 …… 는 생각은 조금도 안 했다.

"괜찮아. 유방암은 암 중에서도 순한 놈이래. 쉽게 치료된다더라. 내가 아는 사람도 유방암이었는데 할 거 다 하고 잘만 살아. 이십 년이나 됐는데 뭘."

친구가 한 말을 곧이곧대로 믿었다. 까짓거 치료하면 되겠지. 암에 대해 워낙 아는 게 없어서 그러려니 했다. 무식해서 용감한 자가 다름 아닌 나였다. 수술한 뒤에 유방암을 공부하기 시작했다. 책을 찾아 읽고 온라인 유방암 카페에 가입했다. 이론적인 지식을 얻고 현재 치료 중인 사례들을 조사했다. 친구의 말처럼 단순하진 않았다.

유방암은 치료가 잘 되는 편이지만 재발과 전이 역시 잘 되는 특징이 있다. 놀랍게도 마감기한이 없다. 5년 뒤에도, 10년 뒤에도, 15년 뒤에도, 얼마든지 재발하는 녀석이었다. 공부 잘하는 날라리 학생처럼 포기할 수도 안심할 수도 없는 문제아였다.

진실을 알고 난 뒤에도 두렵지 않았다. 그게 더 이상했다. 난 바보인가? 죽음의 영역에 한 발을 들여놓고도 겁을 내지 않다니. 남들은 죽을까 무서워서 울고 또 울었다던데. 실감이 안 나서 그런가? 나 정말 왜 이러지? 아직 항암치료의 고통을 몰라서 그럴까? 무감각, 우둔함, 멍청함 …… 온갖 단어들이 떠올랐다.

남들처럼 무섭고 겁났으면 좋겠다. 그래야만 사는 게 달라질 것 같았다. 남은 생, 절박하게 잘 살아야겠다고 느끼고 싶었다. 언제라도 삶을 떠날 수 있다는 걸, 그리하여 지금 이 순간이 가장 절실하다는 걸, 낭비할 시간이 없다는 걸, 나도 깨닫고 싶었다. 물론 머리로는 그것을 잘 알았다. 하지만 가슴이 떨리지 않았다. 그건 진짜가 아니라고 생각했다. 몇 달 동안 고민에 빠져 있었다. 도대체 나는 뭐지?

그래도 유방암 환자가 되고 나서 확실히 달라진 점. 눈물을 되찾았다. 꼭 슬퍼서도 아닌데 자주 운다. 책을 읽다가도 울고 드라마를 보다가도 울고 남편 얘기를 듣다가도 울고. 이제는 울보가 되었다. 전에는 정말 눈물이 터져야 할 상황임에도 울지 못했다. 가슴은 꽉 막히는데 눈물이 나오지 않았다. 속에서 울음을 움켜쥐고 놓지 않는 그 무엇이 있었다. 이제는 봉인이 풀려버린 느낌이다. 나는 이 해방이 좋다. 눈물 해방 만세!

항암 1차를 마친 지금. 여전히 겁내지 않으며 살고 있다. 이제는 이유를 알았다. 궁금증이 저절로 풀려 버렸다. 전에 친구가 말했었다.

"니가 그만큼 강해서 그래. 자존감이 약한 사람들은 겁내고 울고 불고들 하지. 넌 이걸 이겨낼 만큼 충분히 준비되어 있으니까."

솔직히 그 말을 믿지 않았다. 아니 나를 믿지 않았다. 오히려 아둔해서 그렇다고, 멍청해서 그렇다고 의심했다. 그야말로 얼마나 아둔했는지. 나는 나를 잘 몰랐다. 나는 나를 너무 과소평가했다. 이제는 나를 정확히 본다. 내가 어떤 사람인지. 내가 무엇을 원하는지. 그리고 어떻게 살아야 할지.

그녀는 나보다 나를 굳건히 믿어주었다. 평소 나는 인복이 별로 없다고 생각했다. 학창 시절의 친구들도 묘하게 연락이 안 되고, 지금도 주변에 친구들이 많지는 않다. 그러나 수십 명의 인맥보다 나를 위로하고 격려해 주는 몇 명의 친구들이 소중했다. 이만하면 인복이 차고 넘치는 거 아닐까?

2012. 2. 9

이제까지 살아온 방식
이제부터 살아갈 방식

암에 걸렸다는 것은 이제까지 살아온 방식을 바꾸라는 신호였다.

수술과 여타 치료는 빙산의 일각을 떼어내는 것에 불과했다. 그 아래에는 몇백 배의 얼음덩어리가 숨어있었다. 그것을 꺼내야 했다. 목숨을위협하는 모든 병의 의미는 그런 게 아닐까? 단지 운이 나빠서가 아니었다. 인생의 모든 일은 자신이 불러오는 것.

2011년 4월, 아들과 긴 여행을 떠난 것으로 인생의 전환점을 만들었다고 확신했다. 그때부터 나는 변하기 시작했다고. 암이라는 걸 알았을때 도대체 무엇을 더 바꾸어야 할지 떠오르지 않았다. 나는 벌써 일상이라는 틀을 깨고 세계 여행을 감행했다. 내가 할 수 있는 최대한의 변화였다. 변해야 할 게 또 남아있는가? 나의 여행은 너무 늦은 선택이었나?

그것으로는 부족했다. 여행을 결심하고 준비하고 실행한 것은 물론 멋진 일이었다. 하지만 보다 근본적인 변화가 필요했다. 여행이 1단계 변화였다면 한층 업그레이드된 2단계의 차례가 왔다.

내 인생의 제일 큰 숙제는 스트레스를 주는 타인의 요구를 벗어나는 일이었다. 나는 발병의 원인을 정확히 알고 있었다. 오랜 세월 가족관계 에서 오는 스트레스에 제대로 대응하지 못했다. 완전히 서로 다른 기준. 그리고 원치 않았던 의무. 그들은 늘 내 능력 이상을 요구했다. 나도 그 것을 해내야 한다는 강박에 시달렸다. 자신에게, 또 남들에게 할 만큼은 했다는 방패막이가 필요했다. 그걸 놓지 못했다.

어차피 그들은 인정해 주지 않았다. 아무리 노력해도 결코 만족하지 못했다. 속으로 이건 아닌데 하면서 억지로 해내는 것. 그리고 그 보답 없음에 죽도록 스트레스받는 것. 처음부터 지는 싸움이었다. 나는 실패 가 예정된 싸움을 거듭하고 거듭했다. 어리석은 나의 대응 방식이었다.

지금부터 예의고 도리고 상관하지 않겠다. 하기 싫은 일은, 내 마음 이 아니라고 하는 일은 상대가 누구건 간에 거부할 테다. 전에는 내가 이만큼 해주었으니 당신들도 최소한은 돌려줘야 하지 않겠냐고 생각했 다. 서로가 알아서 잘한다면 사람들 사이에 무수한 문제들이 존재하지 않겠지. 타인에 대한 기대치를 내려놓았어야 했다.

내가 진정 원한 것은 무엇이었나? 내가 자신을 진실로 사랑하는 삶이 었다. 나는 귀하고 귀하다. 내가 행복하지 못한다면 다른 인간관계가 무 슨 소용이랴? 내가 불행하다면 세상이 다 무엇이랴? 바꾸어라. 완전히 바꾸어라.

이제부터 나는 나를 다시 기르기로 했다. 내 새끼 키우듯 정성스럽게 이쁘게. 단 지나치게 애쓰고 노력하지 않으련다. 하고 싶은 만큼만, 즐거운 만큼만. 어깨에 힘을 빼고서.

'너무 열심히 살지 말자. 아홉심히만 살자.'

『그러니까 당신도 써라』[1]에 나오는 말이다.

착 안겨 오는 문장이었다. 그래, 아홉심히만 살아보자. 작가는 또 이야기한다.

'피할 수 없으면 즐기라고? 아니다. 즐길 수 없으면 피하라.'

상식의 반전. 그야말로 동의하는 바이다. 엉뚱하게 글쓰기에 관한 책에서 든든한 명언 두 가지를 얻었다. 이래서 인생은 재미있다니까?

그러고 나니 한결 마음이 편안해졌다. 사람들을 분석하고 판단하지 말자. 그들은 그들 나름대로 겪어야 할 경험이 남아있겠지. 그들의 관점에서 체험하고 깨닫고 싶은 것들이 있겠지. 누가 어찌하든 나나 잘하자. 나 자신부터 행복하게 살면 되는 거야. 내가 행복해져야 내 가족도 행복해진다. 나아가 세상도 조금은 행복해지지 않을까? 다른 방법으로 새롭게 살아갈 기회, 유방암이 내게 주는 선물이다.

2012. 2. 11

---

1 그러니까 당신도 써라/배상문/북포스/2009

사람을 일으켜 세우는 건,
사랑이다.

부잣집 무남독녀 외동딸이 이런 기분일까?

엄마, 아부지 그늘 아래 있는 게 얼마 만인가! 부모님 정성을 흠뻑 받아 얼었던 마음이 헤실헤실 풀어졌다. 나를 힘들게 한 사람들을 용서할 수도 있을 것 같았다. 절로 마음을 녹이는 것. 이게 사랑의 힘이구나.

항암치료를 시작할 때부터 부모님이 와 계신다. 엄마는 온갖 음식을 만들어 먹이고, 아부지는 갖은 집안일을 챙긴다. 항암을 할 동안 나를 돌봐 달라고 부탁드렸다. 부모님께 대놓고 무언가를 요구해 보기는 처음이었다.

내가 젖먹이 시절, 그만 젖을 떼고 싶었던 엄마는 젖에다 쓴 약을 발랐다. 나는 단 한 번 빨아보고는 곧바로 떨어지더란다. 동생은 그러거나 말거나 끝까지 먹었다지만. 아기 적부터 온순했던 나는, 순종해야 살아남는다는 듯 조연 자리를 불만 없이 받아들였다. 자라면서 안 되는 일에 대해 부모님께 떼 한번 써 보지 않았다. 뭐든 스스로 해결하고 살았다. 오 남매의 넷째로 태어난 숙명이었다. 게다가 딸로도 두 번째 아닌가. 나에게까지 신경 쓸 여력이 없다는 걸 태어나면서부터 수긍했나 보다. 그것이 맏아들도 맏딸도 막내도 아닌 중간에 끼인 아이가 할 수 있는 최선의 처세였다.

결혼할 때도 마찬가지였다. 언니는 엄마가 일일이 숟가락 젓가락까지 챙겨 주었지만, 내게는 그런 복이 없었다. 안 그래도 빈약했던 가세가 아예 폭삭 기우는 중이었다. 어쩔 수 없었다 해도, 나는 눈곱만큼도 부모님을 원망하지 않았다. 아니 원망할 줄을 몰랐다.

결혼 후 유별난 시집살이를 하는 중에도 똑같았다. 엄마도 언니도 내 하소연을 흘려들었다. 쉽게 말해서 무관심. 그래서 나의 표어는 오직, 내 일은 내가 알아서 해결하기. 마음이 갈가리 찢어져 쓰러지기 직전일 때조차 기대보질 못했다. 부모님의 안테나는 늘 장남과 장녀에게만 꽂혀 있었다.

하지만 이번에는 절. 대. 그러고 싶지 않았다. 엄마한테 매달렸다. 나 너무 힘들다고 외롭다고. 나 좀 봐 달라고. 이제야 그럴 수 있는 때가 된 것일까. 부모님은 두말없이 달려와 주셨다. 기적이 별건가, 이런 게 기적이지.

엄마, 아부지도 세월의 풍파를 오래 겪으셨다. 노년의 한가운데 이르러 넷째도 바라볼 품이 생겼다. 아직 건강하시고 날 도와줄 에너지가 남아있었다. 정말 넷째로 살아온 인생 중 로또를 맞은 거나 다름없었다. 지난날은 작은딸을 돌아보지 못하고 사셨다. 하지만 가장 힘든 시기에 든든한 울타리가 되어 주시므로 모든 것이 괜찮았다. 어쩌면 날 지켜 주려고, 그동안 힘을 비축해 둔 것이었을까. 지금이 딱 좋다. 마흔다섯 중년의 나이에 부모님을 독차지했다. 평생 못 했던 걸 해 볼 수 있어 얼마나 다행인가.

엄마, 아부지가 큰오빠나 언니만큼 나를 사랑하신다는 진실. 난 이렇게 사랑받고 싶었던 거였구나. 부모님의, 가족들의, 친구들의 애정을 받지 못하고 살았다. '난 독립적이니까'에 가려진 욕구. 그건 타인에게서 오는 긍정적인 관심이었다. 삶으로부터 고통받을 때 누군가 진심으로 도와주기를 나는 간절히 바랐다.

스스로 자신을 보살피는 힘이 있어야 하지만, 나 아닌 타인의 힘도 필요하다는 것. 인간은 혼자 살지만, 또 결코 혼자서만 살 수 없다는 것. 안팎의 통합, 나와 타인의 조화. 내게 부족했던 것이었다. 나는 외로웠다. 겉으론 아닌 척 씩씩한 척했지만, 진심은 늘 외로웠던 것이었다. 누군가 나만 바라봐 줄 때의 충족감. 나도 원래 그걸 좋아하는 사람이었다. 어느새 까맣게 잊었던 게다.

엄마, 아부지께 사무치게 고마웠다. 부모님의 정성이 묵은 원망을 살살 녹였다. 굳이 말로 가르치지 않아도, 진실한 사랑과 관심은 사람을 저절로 깨닫게 하는 힘이었다. 세상에 나가 무슨 일을 만나도 쓰러지지 않고 일어날 수 있는 에너지의 원천. 세상을 살아갈 힘을, 고통을 견뎌 낼 힘을, 사랑으로부터 얻는 것이었다.

사람을 일으켜 세우는 건, 사랑이다.

2012. 2. 15

모전여전

여전히 항암치료 중.

수다 떨기. 하루 일상 중 제일 중요한(!) 일과이다. 히히히. 엄마랑 종일 수다를 떤다. 어릴 때 이후로 부모님과 붙어 지내기는 처음이다. 솔직히 어릴 때라고 다르진 않았다. 장사하시느라 늘 나가 계셨고 애초에 나는 부모님의 관심 밖이었다. 나 역시 엄마와 아부지에 대해 잘 알지 못했다. 두 분의 대화 스타일, 두 분의 관계. 새롭고 재밌다. 못 받았던 산후조리를 뒤늦게 받는 기분으로 나날을 즐기고 있다.

엄마와 내가 이리 친밀해질 수도 있다니! 언제나 나는 엄마를 닮지 않았다고 생각했다. 언니가 엄마를 빼닮았고 둘이 같은 과라고 여겼다. 하지만 나도 엄마를 닮은 구석이 있었다. 언니는 외모와 성격이 닮았지만 난 엄마의 근성과 가치관을 닮았다. 예전의 엄마는 언니랑 비슷했는데 요즘의 엄마는 나랑 비슷하다. 엄마가 달라지셨다. 그리고 엄마도 둘째 딸, 나도 둘째 딸. 모녀는 둘째에서 둘째로도 이어진다.

마음 한구석에 마치지 못한 숙제 같은 찜찜함, 엄마를 생각하면 떠오르는 감정이었다. 항상 언니가 먼저다, 언니가 우선이다. 나랑은 통하지 않는다는 괴리감. 나에게 온전히 관심을 주지 않았던 엄마. 그간의 미진함을 마음껏 푸는 중이다. 전과 다르게 모든 걸 내게 맞춰주는 엄마. 해묵은 껄끄러움이 싹 씻겨나가고 있다.

엄마와 마음을 터놓게 될 줄은 예상하지 못했다. 세상살이에 쌓아 두었던 억울했던 일들, 속 썩은 일들을 생각나는 대로 얘기한다. 들어주질 않아서, 들어줄 준비가 되어있지 않아서 엄마에게 하지 못했던 속 이야기들. 시원하게 털어놓는다. 다 일러바친다. 엄마 역시 아부지에게 속상했던 일들을 하나하나 풀어놓는다.

주로 친구들에게 넋두리하고 위로를 받았다. 모든 걸 들어주고 받아주는 엄마에게 하는 건 된장찌개 같이 깊은 맛이 났다. 울 엄마가 이렇게 품어줄 줄 아는 사람이었구나. 오매불망 기대했던 자상함이 우리 엄마 속에 있었구나. 무심했던 엄마 노릇을 한꺼번에 하시는구나. 내가 속단했던 것보다 엄마는 훨씬 멋진 분이었다.

평소 못마땅했던 엄마의 종교가 엄마를 지탱하고 발전시키는 힘이었다. 엄마의 하나님이 꽤 괜찮은 분이라는 생각도 들었다. 엄마는 전보다 크고 따뜻해졌다. 엄마는 자신을 키울 줄 알았다. 내가 아둥바둥 열심히 세월을 사는 동안 울 엄마도 꾸준히 자신을 성장시켰다. 일흔넷에 쉽지 않은 일이다. 나이 먹어갈수록 성숙해지기보다는 고집만 느는 게 노년의 함정이지 않은가.

엄마는 배우기를 즐기는 사람이다. 내가 좋아하는 울 엄마의 장점. 무엇이든 작은 거 하나라도 새롭게 알게 되면 아이처럼 감탄한다. 결코, 내가 아는 게 전부라고 하지 않는다. 사람은 죽을 때까지 배워야 한다고 여긴다. 배운 걸 깜빡하면 그렇게 안타까워한다. 가스대에서 요리하실 때, 환풍기 트는 걸 가르쳐 드렸는데 자꾸 잊는다.

"엄마, 환풍기 틀어야지."

"철들자 망령이다. 에유, 언제 배워? 또 까먹었네!"

엄마와 얘기하며 느낀 것이 또 하나 있다. 나 역시 내가 생각했던 것보다 큰 사람이었다. 시련 앞에서 절망하지 않을 만큼의 그릇은 된다는 것을. 자신만만해도 된다. 넌 충분히 자격이 있다. 너는 너를 자랑스러워해도 된다. 얼마든지.

2012. 2. 18

조금만
울기로 했다

14일째 되는 날.

항암을 하고 14일이 되면 머리카락이 빠지기 시작한다고 들었다. 정말 빠질까? 손으로 머리카락을 훑어보았다. 한두 개 빠졌다. 이 정도야 평소에도 빠지는걸. 오른쪽 귀밑머리를 쓱 훑었다. 대여섯 가닥이 빠졌다. 여러 번 해 보았다. 그때마다 머리카락이 딸려 나왔다. 금세 침대 위에 머리카락 무더기가 쌓였다. 머리카락을 휴지통에 버리고 거울을 보았다. 이번에는 머리 이곳저곳을 샅샅이 훑어보았다. 왼쪽 귀밑머리, 뒤통수, 앞머리, 옆머리. 오른쪽 귀밑머리만 유난히 많이 빠졌다.

평소에도 나는 머리카락이 적잖이 빠진다. 머리를 감을 때면 늘 수챗구멍에 까만 머리카락 뭉치가 한 움큼이었다. 그래도 머리숱은 전혀 줄지 않았다. 어릴 때부터 머리숱이 많았다. 게다가 진한 까만색. 그래서 싫었다. 손은 작은데 숱은 너무 많아서 묶기가 힘들었다. 고무줄을 입에 물고 예쁘게 묶어보려고 낑낑대곤 했었다.

　머리를 파마해도 멋스럽게 나오지 않았다. 촌스럽게 빠글빠글 한 아름. 숱도 적당해야 파마가 세련되게 나오는 법이다. 가끔 세팅 파마를 하거나 생머리를 고수했다. 전체적으로 약간 곱슬기가 있어서 드라이만 잘하면 그런대로 볼륨 있는 스타일이 나왔다. 머릿결도 찰랑찰랑해서 보기 좋았다.

　까만색 머리카락을 싫어했던 나에게 흰머리가 아주 많아졌다. 언제부터 생기기 시작했는지 뒤통수 쪽은 반백 수준. 아들에게 뽑아 달라기에는 이미 불가능한 상태였다. 마흔다섯이 그렇게 하얄 나이는 아닐 텐데. 머리카락 나이는 10년쯤 더 먹었다. 마음고생 때문이겠지.

　몸은 참 정직하다. 스트레스가 넘치면 어디로든 그 결과가 드러나게 마련이다. 내 경우는 흰머리였다. 누가 보면 화들짝 놀랄 정도로 흰머리가 늘었다. 앞머리와 옆머리는 열심히 솎아서 눈에 확 띄지는 않는다. 그런데 뒤통수는 어쩔 수가 없었다. 그나마 다행이라면 주로 속에 많고 겉은 덜 해서 가려진다. 짧은 커트를 치면 속머리가 드러나 탄로 나지만.

　드디어 시작이로군. 남편은 어제도 물어보았다.

"머리카락은 아직 괜찮아?"

"응, 아직은."

"빠지기 시작하면 바로 밀어버릴 거야?"

"봐서."

"뭐, 머리카락 좀 빠지면 어때? 생명에 지장 있는 것도 아니고. 어차피 다시 날 건데."

맞는 말이다. 하지만 자연스럽게 되기까지 오래 걸린다. 아무래도 이번 주 안에 머리를 밀어야 할 것 같다. 오늘이 2월 20일이고 항암 4차까지 끝나면 4월 말. 5월부터 자란다고 해도 최소 육 개월은 흘러야 쇼트커트라도 되겠지. 총 팔 개월을 빡빡머리로 살아야 한다는 결론. 11월은 되어야 모자 벗고 다닐 수 있겠네. 아직 겨울이건만 내년 겨울이 올 때까지 모자 인생이네.

머리가 빠지면 아예 밀어버리라고들 한다. 계속 빠지는 걸 보면 우울하고 슬퍼지니까. 또 지저분하기도 하고. 나도 깎을 생각을 하고 있었다. 가발은 사다 놓지 않았다. 굳이 가발을 쓰고 싶지 않았다. 선배 환우들에 의하면 비싼 가발 사봐야 불편해서 몇 번 쓰지도 않는다고 한다. 머리카락을 모조리 깎고 모자를 쓰고 다니면 진짜 암 환자 티가 나겠다. 아직은 항암 중이어도 머리가 그대로라 괜찮았다. 머리가 빠진다고 엄청 슬플 거 같지는 않다. 글쎄, 모르지. 나중에는 건드리기만 해도 술술 빠진다던데 그렇게 되면, 급 우울해질지도.

하지만 내가 언제 또 빡빡머리를 해 보겠냐? 무용가 안은미도 아니고 말이야. 새로운 '스타아일'에 도전해 보는 거지. 두상이 납작한 게 한이다. 이럴 때 두상이라도 동글동글 예쁘면 얼마나 좋겠어.

아침을 먹으면서 머리가 빠지기 시작한다고 얘기를 했다. 남편은 낯빛이 굳어지고 눈이 커졌다가 이내 표정 관리를 했다.

"에이, 뭐 다시 날 건데. 더 빠지기 전에 얼른 밀어버리자!"

엄마도 얼굴이 어두워졌다. 막상 말을 하고 나니, 나도 기분이 가라앉았다.

"내일까지는 두고 봐서. 아무래도 이번 주 안에는 밀어야겠지. 머리 깎으면 진짜 환자 같겠다."

남편이 나를 위로한다고 뭐라 뭐라 했지만, 귀에 들어 오지 않았다. 글로 쓸 때는 담담한데 말을 하면 기분이 달라진다. 또 슬쩍 머리카락을 쓸어 당겨본다. 우수수 빠진다, 역시.

남편에게 전화했다. 내일 아침에 머리 밀러 미용실에 가자고. 아무렇지도 않게 말을 시작했는데, 갑자기 눈물이 났다. 나는 조금 울었다. 조금만 울기로 했다. 그러고 나서 내일은 머리를 밀어야지.

2012. 2. 20

빡빡머리 한번 해 보실라우?

미용실 말고 집에서 머리를 깎기로 했다.

어제 아침, 이발기를 주문해 두었다. 배송도 빠르지, 하루 만에 도착했다. 오늘은 남편과 아들만 집에 있었다. 부모님은 친정집에 이삼일 다녀오기로 했다.

방바닥에 신문지를 깔고 목에 보자기를 둘렀다. 오늘은 남편이 미용사. 여행 다닐 때는 내가 아들 머리를 잘라주곤 했다. 이제는 내가 깎일 차례였다. 머리카락 뭉치가 툭툭 떨어졌다. 속에서는 울컥했지만, 두 남자 앞에서 표를 낼 수는 없었다.

"한새야, 엄마 이쁘지? 생각보다 훨씬 괜찮은데? 자기 머리 밀어도 이쁘다."

"글쎄, 그냥 스님 같은데? 요 쪽을 더 깎아봐, 아빠. 요기가 더 길어."

뭔가 시원하면서 허전했다. 거울을 보았다. 낯설고도 묘하게 익숙한 이 모습은? 웬 비구니가 날 쳐다보고 있었다. 예상외로 웃겼다.

"으, 나 정말 스님 같다. 머리통 옆이 왜 이렇게 튀어나왔냐? 두상이 왜 이 모양이야? 아, 못생겼어!"

"아니야, 자기는 두상이 작아서 이뻐. 머리를 깎으니까 얼굴이 더 작아 보이네. 민머리도 잘 어울린다, 진짜라니까?"

"엄마, 뒤통수는 봐줄 만한데, 옆쪽이 툭 튀어나왔어."

남편은 뻔한 거짓말로 위로하느라 바쁘고, 아들은 팩트 폭격을 하느라 바빴다. 나는 못생긴 내 모습이 너무 웃겼다. 푸하하!

아까 낮에만 해도 계속 갈등하고 있었다. 막상 머리를 밀려고 하니까 망설여졌다. '최대한 버텨 볼까? 뒷머리라도 조금 남겨둘까? 그러면 모자를 써도 덜 어색할 텐데. 아니야, 더 이상할지도 몰라.' 어제처럼 귀밑 머리를 손으로 훑어보았다. 한 움큼이 빠졌다. 어제는 한두 가닥만 빠지던 자리였다. 하룻밤 새 이렇게 달라지다니. 어차피 며칠 못 버티겠구나. 그제야 완전히 포기되었다.

머리를 깎으면 추울 줄 알았는데 뜻밖에 시원했다. 머리카락이 두피에 없는 느낌이 생소했다. 내가 나 아닌 것 같기도 하고, 나 같기도 하고. 자꾸 보면 익숙해지겠지. 미리 사다 놓은 모자를 이것저것 써 보았다. 모자 덕분에 민머리 티가 나지 않았다. 흠, 이만하면 나쁘지 않네.

며칠 뒤 나는 결국 미용실에 갔다. 이발기로 깎고 남은 머리가 3mm. 짧은 게 빠지니까 더 따가웠다. 이번에는 미용실을 가는 게 아무렇지 않았다. 한 번 밀어보니 별거 아니더라. 혼자 가서 씩씩하게 밀었다. 아이고, 그러고도 집에서 면도기로 다시 밀었다. 짧다 못해, 점 같은 머리가 계속 빠지기 때문이었다. 3중 면도날로 완전히 빡빡이로 밀고 나서야 긴 여정이 끝났다. 겨우 3mm에 불과한 머리카락, 그것이 있고 없는 건 천지 차이였다. 3mm라도 있을 때는 그냥 시원한 정도? 그것마저 완벽하게 사라지자 오들오들 떨리게 추웠다. 신체의 열이 대부분 머리로 빠져나간다더니 사실이었다. 여간 썰렁한 게 아니었다. 이젠 집에서도 꼭 모자를 써야 춥지 않다.

그런데 두피가 참 희고 고왔다. 얼굴은 긴 여행으로 햇볕에 탄 데다 항암제 후유증으로 시커먼데, 두피는 연한 아기 피부였다. 고백하자면 어릴 때부터 30대까지는 피부가 깨끗했다. 남들이 다 부러워했었지.

지금은 2차 항암을 한 뒤 세 번째 주. 머리를 깎은 지는 3주 반이 지났다. 다음 주에 3차 항암에 들어간다(항암은 3주가 한 사이클). 그동안 빠지지 않았던 머리가 다시 자라고 있다. 신기하다. 항암 중에도 자라는 기특한 놈들. 항암을 한다고 머리카락이 백 퍼센트 몽땅 빠지는 것은 아니다. 군데군데 '골룸'[2]처럼 빠진다. 안 빠지고 살아남은 녀석들이 조금씩 자라고 있다. 자세히 들여다보면 진짜 웃겼다. 깨끗이 깎아 놓은 잔디밭에 잡초가 삐죽삐죽 솟아났다.

이제는 나도 아들도 남편도 빡빡머리에 익숙해졌다. 아들과 남편은 집에 들어오면 꼭 내 머리를 한 번씩 쓰다듬는다. 장난감 취급이다. 나는 아들에게도 한번 깎아보라고 실실거린다. 시원하니 좋다고. 녀석, 절대 싫다고 손사래를 친다. 이런 배신자. 잘 때 몰래 싹 깎아 버릴까?

2012. 2. 21

---

2 영화 '반지의 제왕'의 등장인물, 머리카락이 몇 가닥만 남아있다.

커피
한 잔

문득 커피가 마시고 싶었다.

마셔도 될까? 얼른 '유방암 Success Cafe(Daum의 유방암 환우 카페)'를 검색해 보았다. 원두커피로 하루에 한 잔 정도는 무방하다고 한다. 유방암 환자에게 커피가 안 좋은 점은? 카페인은 호르몬에 영향을 준다. 그리고 칼슘도 빠져나가게 한다. 여성호르몬 수용체가 양성인 환자들에게는 커피를 권하지 않는 편이다. 양성이면 여성호르몬이 암세포 형성에 관여한다는 뜻이다. 따라서 모든 치료가 끝나도 호르몬 억제제를 5년(또는 10년) 동안 먹어야 한다.

그렇다고 아예 커피를 끊으면 사는 재미 하나가 줄어든다. 가끔 향 좋은 커피 한 잔이 일상을 살맛 나게 해주니까. 비 오는 날 통유리창으로

밖을 내다보면서 마시는 커피는 나의 소소한 기쁨이거늘. 일주일에 한두 잔의 아메리카노는 허락하기로 했다.

지금 커피 가루 3분의 1스푼을 넣은 아메리카노를 마시고 있다. 구수하고 향기롭다. 몇 주일 만에 마시는 커피였다. 집에서 만든 엉터리 아메리카노지만, 맛은 브라질 원두 못지않다. 커피에 '님'자까지 붙여가며 감사가 흘러나온다. 원하는 순간에 마실 수 있어 고마울 따름. 우아하게 내린 핸드 드립 커피보다 소박한 한 잔이 내게는 감미롭다.

하얀 원목 책상 위에 올려놓고 음미한다. 얼마 전에 그토록 갖고 싶었던 흰색 책상을 장만했다. 침대 옆에 놓아두고 책도 읽고 일기도 쓴다. 나의 작업실인 셈. 흐뭇하다.

폴란드에서 마신 커피가 생각났다. 비 아워 비에자 국립공원이 있는 조그만 동네였다. 우리는 그곳에서 유일한 호스텔에 며칠 머물렀다. 숙소 울타리 옆에 카페가 있었다. 마찬가지로 마을 안에서 유일한 카페였다.

커피는 두 종류. 화이트 커피 혹은, 블랙커피. 화이트 커피라니? 커피가 하얗다고? 아니었다. 우유를 넣은 커피를 화이트 커피라고 불렀다. 폴란드 느낌이 물씬 풍기는 아기자기한 장식과 테이블이 놓여 있었다. 덤으로 폴란드 전통 음악까지 흘러나왔다. 작은 잔에 나오는 화이트 커피. 진하지는 않았지만, 우유 맛이 부드러웠다. 우리는 참새가 방앗간 드나들 듯 매일 카페에 갔다. 유리창 밖으로 썰렁한 거리를 내다보며 각자 일기를 쓰곤 했었지.

하루는 마을을 벗어나 숲 쪽으로 한 시간쯤 걷다가 작은 기차역을 발견했다. 레일 위에는 독특하게 열차 대신 테이블이 앉아 있었다. 운행하지 않는 기차역을 카페로 만든 것이었다. 여기서도 커피 한 잔을 마시며 하늘을 바라보았다. 연옥색으로 시작해 진한 파란색까지 켜켜이 짙어지는 하늘이었다. 미얀마 인레 호수의 하늘색과 똑같았다. 다른 나라 같은 하늘이라, 공기가 맑아서 그랬을까?

오늘의 커피 맛이 그때보다 덜하지 않다. 폴란드에서도 좋았지만 지금도 좋다. 그저 다 좋다.

2012. 3. 15

그분이
오셨다

내일은 3차 항암 날이다.

며칠 전부터 슬슬 그분이 나타나셨다. 알 수 없는 불쾌한 기분. 짜증. 밑으로 가라앉는 느낌. 항암치료 두 번을 하는 6주 동안 무탈하게 지내다가 처음 마주치는 감정이었다. 이것의 정체는? 우울증까지는 아니고 우울감이라고 해야겠지.

지난 2주간 집 밖으로 나가지 못했다. 아무래도 그게 원인인 듯싶다. 단순히 집안에 갇혀서인지, 나날이 늘어가는 체중 탓인지, 몸에 쌓이는 항암제 때문인지. 혹은 셋 다 범인?

체중은, 처음에는 그다지 신경 쓰지 않았다. 일단 구토를 안 하는 게 무엇보다 고마웠다. 항암을 무사히 마치려면 먹는 일이 제일 중요했다.

나는 맛있게 감사하게 잘 먹어주었다. 그 결과 날이 갈수록 체중이 쑥쑥 늘었다. 지금은 체중계가 호환 마마보다 무섭다. 샤워할 때 거울에 비치는 내 몸에는 허리가 별로 없다. 보름달 같은 얼굴은 부은 걸까, 살이 찐 걸까. 나중에 몸을 정상으로 되돌릴 수 있을지 걱정스럽다.

구토하느라 먹지 못하는 환자에 비하면 배부른 투정이겠지만, 어쨌거나 나날이 늘어나는 몸을 보는 건, 기분이 좋진 않다. 유방암 환자는 살이 찌는 걸 경계해야 한다. 지방세포에서 호르몬이 생성되어 재발 위험이 늘기 때문이다. 항암이 끝나면 반드시 체중 조절을 할 것 명심하기.

몸에 쌓이는 항암제. 일설에 의하면 항암치료를 한 번 할 때마다 10%의 항암제가 몸에 쌓인다나? 항암제가 들어간 몸이 회복하기까지 1년 이상 걸린다고 한다. 항암제의 부작용은 여러 가지이지만, 특히 무서운 건 우울증. 치료 중에도 치료가 다 끝난 뒤에도 우울증은 종종 찾아온단다. 발병 부위가 여성성의 상징인 유방이 아니던가. 수술, 항암과 방사선 치료 뒤에 먹는 호르몬 억제제 역시 우울증을 유발한다. 내내 웃으며 지낸 나에게도 항암제가 차곡차곡 쌓인 걸까.

2차 항암을 하고 첫 주는 대공원 산책을 하면서 조금씩 바람을 쐬었다. 그 바람이 문제였는지 주말부터 목이 아파 왔다. 두 번째 주 화요일, 백혈구 수치를 재느라 병원 가는 길. 문밖에 나서자마자 목에서 심한 통증이 느껴졌다. 그때부터 감기가 들어 세 번째 주까지 꼼짝하지 못했다.

지난 토요일 용암처럼 가슴 속을 뚫고 나오는 절규. '내일도 밖에 나가지 못하면 미쳐버릴 것이야!' 나는 남편에게 명령을 내렸다.

"내일은 어디든, 나를 데리고 나가줘!"

남편은 순순히 명령에 따랐다. 일요일에 우리 세 식구는 백운호수로 드라이브를 나갔다. 백운호수 중간쯤 차를 세우고 걸었다. 예전에 아들이 다섯 살 때쯤, 마른 갈대가 무성한 호숫가 아래로 내려가 놀았던 기억이 났다. 그때 찍은 사진 속 아이는 어렸고 우리는 훨씬 젊었다.

'터사랑'이라는 이름부터 80년대스러운 레스토랑에서, 오뚜기 수프랑 똑같은 맛이 나는 수프가 나오는 80년대스러운 점심 스페셜을 먹었다. 이 집 주인은 분명 사십 대일 것이여. 이리도 80년대 정서를 잘 구현해 내다니. 디스코 음악만 나오면 완벽하겠네.

배부르게 먹고 예전처럼 물이 있는 아래쪽으로 내려갔다. 추억을 떠올리며 호숫가 모랫길을 걸었다. 앞에 작은 소나무 언덕이 나왔다. 야산이었다. 그 둘레로 걷다 보니 갑자기 가벼운 등산이 되어버렸다? '도대체 어디가 끝이야!' 외칠 때쯤 호수 위로 올라가는 길을 발견했다. 간만에 운동 한번 잘했다.

그랬으면 오늘, 기분이 좋아야 할 게 아니냐 말이다! 새벽 5시. 달그락달그락 나는 소리. 일찍 나가는 사위와 손자를 먹이려고, 엄마가 밥을 하셨다. 평소 같으면 미안하고 안쓰러웠을 소리가 나는 거슬렸다. 대충 하시지, 시끄럽네. 이게 웬 적반하장, 배은망덕이란 말인가! 곧이어, 옷이며 양말이며 가지러 드나드는 남편에게도 짜증이 났다. 그분은 일요일의 외출 한 번으로 가실 분이 아니었다. 식욕도 안 나고 내 얼굴은 무표정했다.

이래 가지고서는 안 되겠다. 무슨 수를 내어야지. 내일이 항암 3차인데 이따위 기분은 좋지 않고말고. 즉석에서 계획을 세웠다. 내일 병원 갔다 돌아오는 길에 도서관에 들르자. 유머에 관한 책들을 잔뜩 빌리는 거야. 부기가 가라앉는 목요일이나 금요일쯤에는 조조 영화를 한 편 봐야겠다(원래 혼자서 영화 잘 봄). 요즘 계속 영화가 보고 싶었는데 갈 엄두를 내지 못했다. 백혈구 떨어지는 두 번째 주가 되기 전에 얼른 영화관에 갔다 와야지.

두 번째 주는 '꼼짝 마 주간'이니까 패스. 세 번째 주에는 친구를 만나야겠다. 집으로 위문 공연을 오라고 하던가. 첫 항암 하고 세 번째 주에 친구를 만났다가, 그날 밤에 너무 힘들어서 그 뒤로는 누굴 만날 생각을 하지 않았었다.

이 정도면 그분이 가실까? 3차 항암은 그분과 대적하는 힘겨운 싸움이 될 예정이다.

"이 양반아, 그만 가시지 그래?"
"뭔 소리야? 나는 좀 더 있으련다!"

요런 분위기가 되지 않을까?

2012. 3. 19

신은
누구 편?

3차 항암 후 백혈구 수치를 검사하는 날이 되었다.

병원에 갈 때는 남편이 차로 데려다주곤 했었다. 오늘은 택시를 탈 생각이었는데 마침 병원 쪽으로 가는 버스가 도착했다. 택시비를 아낄 요량으로 냉큼 올라탔다. 빈자리는 없었다. 대충 왼쪽의 어느 좌석 옆에 섰다. 몇 정거장이 지난 후 자리 하나가 났다. 옆에 다른 사람이 서 있었기에 당연히 그녀가 앉을 줄 알았다.

그런데 내게 자리를 양보하는 게 아닌가. 금방 내리는 줄 알고 "감사합니다." 하고 앉았다. 무릎이 아파서 사양하지 않았다. 속으로 '이게 웬 떡이냐!' 나는 기뻐했다.

그. 러. 나.

세상에 공짜는 없다고 했던가. 난 이미 대머리, 아니 빡빡머리인데.
그 착한 여인이 갑자기 말을 걸었다. 난 바늘방석에 앉은 것이었던, 것
이었다.

그녀: (내 모자와 얼굴을 뚫어져라, 쳐다보며) 몸이 많이 안 좋으신가 봐요?

나: (허걱, 그런 말을 대놓고 하다니) 아, 네.

그녀: (항암으로 인해 시커먼 내 손톱을 빵꾸 나도록 바라보며) 지금 어디가
많이 아프신 거죠?

나: (다시 허걱, 도대체 왜 이러시나요?) 아, 네.

그녀: 혹시 교회 다니세요?

나: 아, 아뇨.

그녀: 종교 없으세요?

나: 네, 없는데요.

그녀: 사람이 큰 병을 만나고 힘들 때는 하나님의 사랑이 …… 어쩌고저쩌고…….

나: (이제 진땀이 난다) 아, 네.

그녀: 하나님은 …… 이러쿵저러쿵…….

나: (흑흑, 내리고 싶다아) 아, 네.

그녀: 이럴 때일수록 하나님을 믿으셔야 고통에서 벗어나 즐겁게 사실 수 있
습니다.

나: 저 지금도 즐겁게 잘 지내고 있는데요?

그녀: 그러세요? 그래도 하나님은 어쩌고 …… 저쩌고…….

나: (오, 마이 가뜨!!!) …….

아, 정말 쫌 쫌!!! 난감하다 못해 땡감, 썩은 감 맛이었다.

'아이고, 신이시여! 도대체 뭐라 해야 이 여인에게서 벗어날 수 있을까요?!'

나는 속으로 부르짖고 있었다. 병원 예약 시간이 다가와 중간에 내릴 수도 없고. 자리를 양보받은 마당에 싫은 티를 팍팍 낼 수도 없고. 그렇다고 그녀의 설교를 얌전히 들어주기엔 비위가 상했다. 당황한 나머지 그저 썩소를 날리며 '아, 네.'만 반복하던 중에.

의외의 해결책이 튀어나왔다! 하하하! 맞은편에 자리가 났던 것이었다. 나는 그녀의 말허리 중간을 딱 자르며 외쳤다.

"저기에! 자리 났어요! 얼른 앉으세요!"

그 여자의 팔을 붙잡고 손가락으로 빈자리를 가리켰다. 강한 브레이크에 흠칫 놀란 그녀, 순간 상황 파악이 안 되는지 어리둥절한 표정이었다. 나는 다시 한번 강하게 멘트를 날렸다.

"자리 있다니까요! 빨리 가서 앉으세요!"

때마침 버스가 정류장에 섰고 사람들이 올라오기 시작했다. 위기감을 느꼈는지 그녀가 재빠르게 자리를 차지했다. 그이도 그 순간엔 '설교 본능'보다 '아줌마 본능'이 쪼오금 더 우세했나 보다.

마. 침. 내. 나는 그녀에게서 벗어날 수 있었다! 하나님은 그녀보다 내 편인 것 같다람쥐? 신이시여, 그녀 입을 다물게 해 주셔서 감사합니다홍치마!

오늘의 교훈

아플 땐 푼돈 아끼지 마라.

아프다고 공짜 좋아하지 마라.

병원 갈 땐 이유 불문 택시를 타라.

오늘의 부탁

제발 이런 식으로 전도하지 마시길.

제발 인간에 대한 예의 좀 지켜 주시길.

2012. 3. 30

끝이며
시작인

마지막 4차 항암을 하고 3주 하고도 3일째.

2012년 5월 3일의 상황이다. 자세히 설명하자면, 항암은 3주가 한 사이클이므로 항암치료가 끝난 지 딱 3일이 되었다. 항암 주사를 맞으면 통상 혈액 검사를 두 번씩 한다. 빈혈이 있는지, 백혈구 수치가 떨어졌는지 확인하는 절차다.

4차 항암도 당연히 혈액 검사에서 합격하리라 믿어 의심치 않았다. 나는 퍽 건방진 유방암 환자라 아니할 수 없었다. 이제까지 한 번도 피 검사에서 빠꾸 당하지 않았기 때문이다.

첫 번째 검사는 합격. 그럼 그렇지, 내가 누군데! 의사들도 대단하다고 했다. 항암 중 한 번도 백혈구 수치가 떨어지지 않은 환자는 본 적이 없다고. 난 속으로 (무지하게 건방을 떨면서) 말했지.

'전 뭐, 호호호, 관리를 잘하거든요.'

일주일 뒤 두 번째 검사에서 믿기지 않는 수치가 나왔다. 200? 200??? 원래 1000 이상 나와야 합격이다. 지난주에는 1600이었는데 200으로 곤두박질쳤다. 이게 뭔 날벼락이래? 항암을 마무리 짓는 마지막 피검사에서 불합격 판정을 받은 것이었다. 무지막지하게 불쾌했다. 다 된 밥에 재를 뿌려도 유분수지!

지난 일주일 동안 마치 나는 항암이 다 끝난 것처럼 마음을 놓았다. 비가 오는 날씨에도 불구하고 신촌까지 친구들을 만나러 갔고, 내내 채소류만 먹었다. 백혈구 수치가 떨어지지 않으려면 매끼 음식에 정성을 들여야 한다. 특히 양질의 단백질, 즉 고기를 제대로 먹어야 한다. 지나치게 방심했다. 신경 좀 쓰지 않았다고 바로 수치가 떨어질 줄이야……

백혈구 검사에서 불합격 판정을 받으면, 곧 수치가 1000 이하로 떨어지면 백혈구 수치를 올려주는 주사를 맞는다. 골수에서 억지로 백혈구를 생성해 내는 것이다. 만약 500 이하로 떨어지면 며칠 동안 무균실에 들어가야(갇혀야) 한다. 그동안 한 번도 수치가 떨어지지 않았던 과거를 감안하여 다행히 관대한 처분이 떨어졌다.

'그냥 주사만 맞고 가시오. 이틀 뒤 다시 검사하겠소.'

주사 맞고 그날 저녁은 삼계탕. 다음 날 아침은 소고기 뭇국, 저녁엔 전복탕. 성실하게 단백질을 섭취해 주었다. 고기가 지긋지긋한데 살기 위해 먹었다.

그런데 수치를 올리는 주사가 말이야. 성형미인이 예쁘긴 하나 어딘가 어색한 구석이 있는 것처럼 이것 역시 '자연스럽지 못한 고통'을 초래

했다. 그건 모두 내 건방의 결과였으니 누굴 원망하리. 주사 맞고 다음 날 온 뼈마디가 골고루 쑤셨다. 허리, 고관절, 무릎, 왼손 엄지손가락이 욱신욱신 몸살이 심하게 난 것처럼 아팠다. 난 꼼짝 못 하고 침대에 누워 끙끙 앓았다. 억지로 백혈구를 만들어 내는 작업의 아픔이었다. 그날 밤엔 견디지 못하고 자기 전에 타이레놀을 삼켰다. 잠은 자야 할 것이 아닌가. 진통제 덕분에 무사히 자고 일어났다. 밤새 통증이 지나갔다.

다시 병원에 가서 또 혈액 검사를 했다(맨날 푹푹 찔리는 내 팔목이여). 하하하! 당당히 합격. 수치 3600이오! 이제야 항암이 다 끝났음을 실감할 수 있었다.

드! 디! 어! 수술, 방사선, 항암. 모든 과정이 끝났다. 이걸로 치료가 정말 안녕이라면 얼마나 좋을까만. 나는 다시 난소 억제 주사를 처방받았다. 그녀의 이름은 졸라덱스. 한 달에 한 번씩 2년, 땅땅. 놀바덱스라 불리는 항호르몬제도 같이 먹어야 한다. 5년, 땅땅. 이 '덱스 자매'와 함께 가야 하는 길. 이리하여 끝이나 다시 시작인 치료 인생을 맞이하였다. 오늘이 '덱스 자매'를 만나는 첫날. 이왕 만나는 거 기분 좋게 만나자.

태양이 이글거리는 날, 여름이 새치기한 날.
네 이놈, 아직은 니 차례가 아니란 말이닷!
봄을 다시 돌려놓지 못할까!
빡빡머리에 모자 쓰면 얼마나 더운지 알아?

2012. 5. 3

2장

사람은
그저 사람이니까

너나 잘하세요?
나나 잘하세요!

수수께끼 1: 세상에서 첫 번째로 어려운 일은?

세계평화? 지구온난화 막기? 아니다.

답: 타인을 변화시키기

수수께끼 2: 세상에서 두 번째로 어려운 일은?

첫 번째보다 조금 쉽다.

답: 자신이 변화하기

어젯밤에 문자 하나를 받았다.

자기 직전이었다. 귀찮아서 볼까 말까 망설이다가 보고 말았다. 다음 주에 만나기로 한 친구가 보낸 줄 알았거든. 보지 말걸. 나는 잠을 이룰 수 없었다. 문자는 친구가 보낸 것이 아니었다. 그이는 지금 내가 가장 만나고 싶지 않은 사람이었다. 그 사람으로부터 이미 상당한 고통을 받았다. 나는 진즉 연락하지 말라고 했었다. 그러거나 말거나 그이는 때때로 문자를 보낸다. 그이에게서 나오는 말은(문자든 음성이든) 하나같이 내 감정을 폭발시킨다.

밤새 마음이 장마철 흙탕물이 되어 쿨렁거렸다. 도저히 잠이 오지 않아 거실로 나갔다. 불을 켜고 컴퓨터를 열었다. 이리저리 인터넷 세상을 돌아다녀도 머릿속은 터질 듯했다. 나는 그이에게 말하고 또 말했다. 또한, 화내고 또 화냈다. 마음속의 무한 반복 버튼을 누른 것이었다. 이러기 시작하면 큰일이다. 벗어나기가 정말 힘들다.

누군가에게 마음속으로 말하고 또 말하고 화내고 또 화내고 원망하고 또 원망하고 …… 하, 이건 스스로 갉아먹는 짓이었다. 예전에 넘치도록 해 보았다. 내 인생에는 무한 반복 버튼을 누르게 하는 특정인이 몇 있었다. 일종의 감옥. 버튼이 한번 눌러지면 다시 끄기가 무시무시하게 어렵다. 밥을 먹으면서도 설거지를 하면서도 길을 걸으면서도 오직 반복되는 생각. 거기에서 벗어날 수가 없는 것이다.

여기서 우스운 게 뭔 줄 아나? 정작 그 사람은 아무렇지 않은데 나 혼자서만 괴로워한다는 점이다. 상처를 주는 사람은 멀쩡하고 상처를 받는 사람만 지옥인 더러운 세상.

스트레스에 잘못된 방식으로 대응했던 나의 태도가 발병의 원인이었다. 다시는 버튼을 누르지 않을 줄 알았다. 눌러도 눌러지지 않을 줄 알았다. 그 정도는 이겨낼 수 있을 만큼 성장했다고 믿었으니까. 젠장, 아니었다.

오늘 아침까지 나는 버튼을 끄지 못했다. 뭐라도 해 보려고 산으로 갔다. 요즘 살그머니 등산을 시작하는 참이었다. 전에는 삼십 분이면 도착할 지점까지 이제는 한 시간이 걸린다. 항암 뒤의 체력이란, 저질 체력이란 말도 무색한 환자 체력이었다.

아직도 연두가 남아있는 청계산은 그림 같았다. 며칠이 지나면 여린 연두색이 평범한 녹색으로 바뀌겠지. 벌써 연두는 한결 짙어졌다. 오늘은 처음으로 약수터까지 올라갔다. 오래오래 걸려서. 산을 내려올 때까지 버튼을 끄지 못했다. 기분은 조금 나아졌지만.

집으로 돌아와 샤워하고, 점심을 먹고, 이번 달 카드 값을 입금하고, 병원의 예약 날짜를 바꾸고 …… 잡다한 볼 일을 처리했다.

얼마 전 유방암 카페를 통해 알게 된 환우에게서 전화가 왔다. 얼굴은 본 적 없지만, 동병상련의 우리는 마음이 척척 통했다. 한참 수다를 떨고 나서 드라마를 한 편 보았다. '옥탑방 왕세자.' 집에 티브이가 없으니 재밌는 드라마가 있으면 가끔 다운로드 해서 본다. '오랜만에 약수터까지 갔다 왔더니 몹시 곤비하구나(왕세자 버전).' 비몽사몽 한 시간쯤 누워있다가 일어났다.

어? 버튼이 꺼졌다! 무엇 덕분이었을까? 등산? 통화? 드라마 시청? 비몽사몽 낮잠? 전처럼 무한 반복 시스템에 붙잡혀 있지 않겠다는 결심. 게다가 열심히 몸과 입을 움직인 것. 더해서 휴식. 이전보다 버튼의 작동시간이 현저히 짧아졌다. 하루 밤낮 가량. 그러나 버튼은 여전히 건재했다.

아직은 나를 세심하게 보살펴야 하는 시기였다. 선배 환우가 말했었다.

"우리는 말이야, 아기처럼 아주 조심조심 다루어야 해. 이렇게 아픈 자신을 내 딸이라고 생각해봐. 어떻게 해주겠어? 온갖 거 다 살피고 아껴주겠지? 자신을 내 딸이다, 생각하고 귀하게 여기라고."

아직은 생각만큼 내가 단단하지 않았던 것이었다. 고통을 주었던 사람들을 아무렇지 않게 대할 순 없었다. 글쎄다. 살아있는 동안 그토록 강해질 수 있을까? 내가 감당할 수 없는 상황이라면 그냥 피하는 것도 나쁘지 않다.

평소엔 평화롭게 지내다가 겨우 문자 한 통에 무너지는 나를 보시게. 강해진다는 건 그토록 어렵다. 굳이 자신을 몰아치지 않으련다. 사람이 꼭 바위처럼 단단하고 강해야 한다는 법은 없으니까. 사람은 그저 사람이니까.

수수께끼 1을 푸는 법

: 타인을 변화시키기

불가능한 일. 누구도 자신이 아닌 다른 사람을 변화시킬 수는 없다. 누군가 변했다면 그 사람으로 인한 결과겠지. 변화는 자기 내부에서 나온다. 나에게 고통을 주었던(주는) 사람들을 내가 변화시킬 수 없음은 명백하다. 그들은 여전히 그들의 인생을 살아갈 터. 그러니 그들은 내버려 두고 나나 잘할밖에. "너나 잘하세요."가 아니라 "나나 잘하세요."가 맞다.

수수께끼 2를 푸는 법

: 자신이 변화하기

가능한 일이지만 결단코 쉽지 않다. 오죽하면 사람이 변하면 죽는다는 옛말이 있을까. 인생에 고난이나 전환점이 닥치면 사람은 스스로 변하려고 한다. 변하지 않으면 같은 방식의 어려움이 계속 찾아오니까. 지구에 존재하는 것들은 관성의 법칙에서 벗어나기 어렵다. 자꾸 같은 방식으로 살아가려고 한다. 익숙하므로. 익숙함을 벗어버리는 용기. 그게 변화다. 그러나 한 번에 되지 않는다. 생활 속에서 자꾸 반복하고 반복해서 완전히 내 것이 되어야 비로소 가능하다. 그래서 일상이야말로 가장 어렵고도 중요한 숙제.

2012. 5. 10

만나러
간다

지난 5월, 6월 날마다 등산을 했다.

일주일에 다섯 번 정도는 두 시간씩 산에 다녀온다. 곱디고운 연두에서 성숙한 초록으로 변하는 시간의 마술에 감탄하며 지냈다. 애기나리, 뱀딸기 꽃, 층층나무 꽃, 아까시꽃, 요즘은 밤꽃까지 산의 입주자들은 매주 사이좋게 바뀌었다. 그들은 내가 먼저 이 산을 차지하겠노라, 다투지 않았다. 차례차례 순서를 기다렸다가 자기만의 절정을 피워낸 뒤 조용히 사라졌다. 청계산에야 종종 갔었지만, 요즘처럼 아름다움을 민감하게 느끼지는 못했다. 오감이 더욱 활짝 열렸다.

등산의 목적은 분명하다. 먼저 최저 상태인 체력을 끌어올리고, 다음으로 살을 빼야 한다. 집에만 있으면 우울감이 자주 찾아오므로 예방 차원에서라도 산에 간다. 두 달 동안 열심히 등산한 결과 이 세 가지 목적은 확실히 달성하고 있다.

체력이 수술하기 전과 비교할 수 없지만 나아진 건 분명했다. 살 빼기는 효과가 쏠쏠했다. 무려 3kg이나 감량! 항암을 끝내고 5kg이 늘었다. 붓고 살이 찌는 건 항암의 부작용 중 하나였다. 얼굴은 보름달이고 어깨도 둥실둥실, 배와 엉덩이와 허벅지는 풍선처럼 부풀었다. 나는 거울을 보며 물었다.

'저 여자는 도대체 누구냐?'

작년 여름에 입던 옷들을 도무지 입을 수 없었다. 당장 입을 옷이 없다는 게 의외로 스트레스였다. 작아진 내 옷들을 보면서 과거의 내가 얼마나 예뻤는지 깨달았다. 하체 비만 체형이라는 이유로 나에게 만족하지 않았다. 단점만 보았다. 조금 더 빼야 한다는 생각만 가득했다.

아니었다. 충분히 괜찮았는데 내가 그걸 인정하지 않았다. 나는 나를 몰랐고 나는 나를 사랑하지 않았다. 나는 현재를 충실히 살지 못했고 과거나 미래를 바라봤다. 지금의 아름다움을 놓치고 말았다. 이 순간, 나는 참 괜찮은 사람이다. 그걸 잊지 말자.

둥실둥실한 나를 사랑하는 것도 좋지만 아무튼 살은 빼야 했다. 지방세포에서도 호르몬이 나와 암세포를 성장시키기 때문이다. 유방암 환자는 살이 찔수록 위험하다. 목표는 수술 전의 체중으로 돌아가는 것. 5kg을 감량해야 한다. 운동만으로는 부족하기에 식이요법을 같이했다. 식이요법이란 별거 없었다. 누구나 아는 '소식.' 밥 반 공기에 채소 반찬 위주로 먹는다. 저녁밥은 아침 점심보다 양을 팍 줄였다. 기타 간식은 거의 먹지 않는다. 일반적으로 몸에 안 좋다는 음식(튀긴 것, 고기의 기름기, 인스턴트 식품, 밀가루, 단 것 등)도 가능한 먹지 않는다.

나는 살을 빼기가 굉장히 힘들 줄 알았다. 예상보다 쑥쑥 빠지고 있어서 깜짝 놀랐다. 등산의 효과에 소식의 효과가 더해졌을까? 어떤 환우에게 들었다. 항암 후유증으로 찐 살은 몇 달 지나면 저절로 빠진다고. 그럴 리가. 일생을 통틀어 저절로 살이 찐 적은 있었어도 저절로 살이 빠진 적은 없었다. 운동도 식이요법도 아니고 설마 저절로 살이 빠지고 있는 건가? 하여튼 체중감량은 계속되어야 한다. 남은 2kg을 향해 전진!

　우울감. 그분은 정기적으로 나를 찾아온다. 아직 우울증까지는 아니어서 살살 달래어 보낸다. 등산을 매일 하니 방문이 뜸해졌다. 산에 가면 기분이 좋아지니까. 우리 집 뒷산 청계산 매봉 가는 길, 나직하고 온통 그늘진다. 가벼운 운동으로 더할 나위 없다. 전처럼 매봉까지는 못 가고 중간쯤 약수터까지 간다.

　이렇게 멋진 길을 예전에는 왜 별다른 감흥도 없이 다녔을까? 똑같은 길인데도 마치 다른 길인 양 '아, 좋다!' 감탄하면서 다닌다. 체력을 키우고 살을 빼는 걸 떠나서 산길을 걷는 자체가 즐겁다. 우거진 가지들 아래에 바람이라도 시원하게 불면 어찌나 기분이 상쾌한지. 작년 세계여행에서도 우리는 숲을 찾아갈 때가 가장 행복했다. 나머지 2kg을 마저 감량하고 정상 체중이 되어도 등산은 계속해야겠다.

　유방암 치료라는 게, 후. 한숨이 먼저 나오네. 수술하기 전에는 멀쩡했는데 막상 수술을 시작으로 치료에 들어가면 그때부터 진짜 환자가 되어버린다. 유방암이 있더라도 최악의 상황이 되기 전까지 통증도 없고 일상이 불편하지 않다. 마땅히 치료를 받아야 하지만 부작용도 만만치 않다.

　수술의 부작용은 팔을 자유롭게 못 쓰고 평생 부종의 위험이 있다는 것. 항암치료의 부작용은 붓고 살찌는 것, 심장과 신장에 무리를 주는 것, 구토, 오심, 구내염, 변비, 설사, 불면증…… . 방사선 치료의 부작용은 검게 그을리고 피부 세포가 죽어서 땀도 안 나고, 감각이 무뎌지고 심하면 화상에 물집까지 생긴다. 항호르몬제 약과 난소 억제 주사의 부작용은 우울증, 불면증, 열감과 오한의 반복.

암이 퍼져서 죽는 것보다 부작용을 감수하고 치료를 받는 게 당연하겠지. 그렇다지만 부작용이 없는 치료법은 정녕 없는 것일까? 의학이 발전했다고 해도 아직 멀었다. 고통 없는 치료가 진정한 치료이지, 일상이 무너지도록 온갖 부작용을 참아야 하는 건 반쪽짜리 치료가 아닐까.

한편 반가운 소식은 부지런히 운동하면 부작용이 줄어든다는 점이다. 현재로서 방법은 운동밖에 없다. 부작용을 견뎌내고 즐겁게 살려면 꾸준히 운동해야만 한다.

그래서 매일 그대와 만나러 간다. 나무들, 잎사귀들, 서늘한 그늘, 다람쥐, 청설모, 박새, 그리고 시원한 바람…… .

2012. 7. 5

열망

토요일에 주문해 놓은 부분 가발을 기다리고 있다.

주말이 끼었으니 화요일에나 도착하겠지? 빨리 왔으면 좋겠다. 옆머리와 뒷머리만 있는 가발이다. 모자랑 같이 쓰면 감쪽같을 거다.

한여름 더위에 가발은 포기했었다. 모자를 쓰고 거리낌 없이 다니다가도 가끔은 망설여졌다. 머리카락 한 올 보이지 않는 내 모습이 아무래도 신경 쓰였다. 우울감이 찾아올 때는 더 외출하기 싫었다. 우울해서 모자를 쓰고 나가기가 싫은 건지, 모자를 쓰고 다니기가 싫어서 우울한 건지. 닭이 먼저인지 달걀이 먼저인지와 같은 관계였다.

1차 항암을 할 때만 해도 이렇게 머리카락을 열망하게 될 줄은 상상하지 못했다. 수술하고 방사선 치료를 할 때 겉보기에 아무렇지도 않은 내 모습이 나이롱환자 같았다. 진짜 환자 취급을 못 받는 느낌이랄까? 방사선 치료 7주 동안 다른 환자들은 내 머리를 진심으로 부러워했다. 어떻게 머리가 빠지지도 않고 그대로냐며. 매번 난 설명을 했다.

"방사선을 먼저 하는 중이라 그래요. 아직 항암을 안 했거든요."

항암에 들어가야 진짜 환자가 되는 것 같았다. 그때가 행복한 줄도 모르고 참말로 어리숙했다. 힘든 항암이 끝나고도 계속 힘들었던 건, 여전히 민머리라는 사실. 추웠던 겨울과 봄까지는 그런대로 견뎠는데 더운 여름이 되니 이것 참. 가발은 더워서 도저히 못 쓰겠고 두건도 덥기는 매한가지였다. 차라리 여름에 항암을 했더라면 훨씬 수월했을 텐데. 가을, 겨울에는 가발이건 모자건 자연스러우니까.

남편과 아들은 날마다 말한다.

"어, 이제 머리 많이 자랐네!"

자라긴 했지, 한 3cm 정도. 그러나 정상적인 머리카락을 떠올리면 오산이다. 머리카락이 하도 가늘어서 두피에 딱 달라붙었다. 빡빡이와 다를 바 없다. 매일 생각한다. 언제나 모자 벗고 자연스러운 내 머리로 다닐 수 있을까? 8월 말이면 가능할까 싶었는데, 9월 말은 되어야 할 듯.

며칠 전에 아들 티셔츠를 사러 아울렛 매장에 갔다가 들은 말.

"모자가 참 예쁘네요. 그런데 만드신 모자인가 봐요?"

예쁘다는 건 의례적인 인사말이고, 만든 티가 났나 보다. 그 말에 은근히 우울해졌다. 무례한 것도 아닌데 이상하게 기분이 좋지 않았다. 모자를 세 개나 만들긴 했다. 한동안 만든 모자 쓰는 맛에 즐겁게 외출을 했다. 그중 이 모자는 주름 잡은 게 어설펐지만 쓰기엔 가장 편했다. 쓸

데없이 자신감에 넘쳐 평촌까지 쓰고 나간 게 탈이었나?

모자고 뭐고 진짜 내 머리로 다니고 싶다! 그러다 불현듯 뒷머리 가발이 떠올랐다. 어디선가 읽었는데 정수리는 뻥 뚫리고 뒷머리만 달린 가발을 판다고 했다. 검색하니 정말 그런 가발이 있었네? 단발머리로 당장 주문을 해버렸다. 이젠 머리카락 신경 안 쓰고 다닐 수 있는 건가? 통가발보다는 시원하겠지?

머리카락이 없어서 뭘 입어도 태가 안 나고 어색하다. 모자를 쓰면 쪼금 낫지만 도긴개긴. 사람에게 머리카락이 있고 없고가 이렇게 차이 날 줄이야. 자체발광 미인일 경우 민머리만으로도 예쁘긴 하다만. 뒤통수는 납작하고 옆 통수는 튀어나온 나에겐 머리카락이 꼭 있어야 한다고!

가끔 상상한다. 쇼트커트라도 좋으니 모자를 벗고 다니는 내 모습을. 얼마나 홀가분할까? 얼마나 날아갈 듯한 기분일까? 불면증으로 매일 밤 약을 먹고 잠이 들어도, 항호르몬제 부작용으로 불쑥불쑥 열감이 치솟아도, 그저 머리카락만 제대로 있다면, 세상을 다 가진 듯한 기분일 것이다. 심심찮게 찾아오는 우울감도 싹 사라질 듯하다.

시간아, 얼른얼른 가거라. 눈 깜빡할 사이에 한 달이 확 지났으면 좋겠다고 어린아이 같은 소원을 빈다. 일단은 부분 가발에 기대를 해 보자. 모자만 쓰던 것보다 훨씬 자연스럽겠지?

그리고 시간의 마술을 부려야 한다. 시간을 빨리 가게 하는 방법은? 재밌게, 정신 못 차리도록 재밌게 지내기! 7월이 절반은 갔고 9월까지 두 달 반이 남았다. 두 달 반을 어떻게 재밌게 보낼까? 세상에서 재밌다는 소설과 영화를 죄다 찾아서 볼까? 친구들과 매일 만나 수다를 떨까?

도낏자루 썩는 줄 모른다는 바둑을 두어야 하나? 이건 추가로 신선이
되어야 하니까 패스.

도대체 무얼 하면 좋을까요? 좀 가르쳐 주세요오.

2012. 7. 15

빛과 그림자가 함께 있어요

태풍이 지나갔다.

거리에 잔 나뭇가지들과 잎사귀들을 잔뜩 떨어뜨려 놓았지만 그다지 피해는 없었다. 마른 태풍이라나. 비가 많이 내리지 않아서 다행이었다. 아직도 구름이 하늘을 덮고 바람이 윙윙 불었다. 딱 좋을 만큼의 바람이다. 지긋지긋하게 더웠던 날들을 보상해 주는 맛보기 초가을의 날씨.

하릴없이 슬슬 걷고 싶었다. 좋은 핑곗거리가 생각났다. 도서관에 책을 반납하러 가야겠다. 오늘이 아니면 도서관 출입을 거부당할 것처럼 얼른 도서관으로 뛰어갔다. 도서관 옆 그늘진 나무 밑을 걸었다. 시원했다.

이런 날은 꼭 해야 할 의무가 있다. 반드시 공원의 그늘진 벤치에 앉아 책을 읽어야 한다. 근사하게 바람 부는 행운이 날이면 날마다 오는 게 아니므로. 김훈의 「자전거 여행」을 빌렸다. 공원 벤치에 앉아 읽기에 안성맞춤이었다.

'산수유는 다만 어른거리는 꽃의 그림자로서 피어난다.'
'그 꽃이 스러지는 모습은 나무가 지우개로 저 자신을 지우는 것과 같다.'
햐, 기가 막히다. 어떻게 이런 문장을 쓸 수 있지?
'냉이 된장국을 먹을 때, 된장 국물과 냉이 건더기와 인간은 삼각 치정 관계이다.'
이 대목에선 웃음이 나왔다. 두어 문장을 읽고 하늘을 올려보고 또 서너 문장을 읽고 펄럭대는 나뭇가지들을 바라보았다.

공원은 아직 태풍의 잔재들을 치우지 못했다. 땅바닥에는 제 몸에서 떨어져 나온 가지들과 잎들이 어지러이 널려 있었다. 그 옆으로 굵은 개미들이 정신없이 발발 돌아다녔다. 몇 놈은 기어코 내 발등 위로 기어올랐다. 어느 순간 나뭇잎 더미가 땅바닥에서 일렁일렁 춤을 추었다. 그림자 사이사이에서 하얗게 빛이 났다. 햇빛이 비치는 바닥은 명암이 살아나 생기가 넘쳤다. 마치 삼차원 공간처럼 달라졌다. 한순간 빛이 사라지면 다시 밋밋한 회색 바닥으로 돌아갔다. 예고 없이 나타났다 사라지는 그림들이 마술 같았다. 전에도 이런 것이 이토록 경이로웠던가?

갑자기 떠올랐다. 빛과 그림자는 원래 한 몸이었구나. 따로 떨어진 것처럼 보이는 건 착각이었어. 실제로는 같이 존재했던 거야. 오히려 완전함을 이루는 요소였어. 자연의 이치가 그렇다면 사람 마음에 빛과 그림자가 함께 있어도 괜찮겠구나. 잘못된 게 아니었어. 안심이 되었다.

이래저래 바람 불어 좋은 날.

2012. 8. 29

아무
이상 없대!

첫 정기검사가 있었다.

수술, 방사선, 항암치료를 마친 뒤 6개월 만의 검사였다. 초음파(두 종류), 유방 촬영, 골밀도 검사, 혈액 검사, 흉부 엑스레이, PET 검사까지 모두 일곱 가지의 검사를 받았다. PET 검사를 하며 누워있는 동안 생각했다. '만약 이상이 발견된다면? 재발이나 전이가 있다면?' 그동안 이런 상상을 여러 번 해봤는데도 역시, 눈시울이 뜨거워졌다.

'그렇다고 어쩌겠어? 이렇게 하루하루 살아가는 거지. 이전보다 더 기쁘게, 더 충실하게, 순간순간을 사는 거지. 더욱더 나 자신으로 사는 거지. 치료받으면서, 책도 읽고, 글도 쓰고, 여행도 하고, 친구도 만나고, 하고 싶은 거 하면서 내 영혼이 허락하는 날까지 그렇게 살면 되는 거지.'

검사 전날은 밤새 한 시간 자고 두 시간 깨어 있고를 반복했다. 겉모습의 나는 별로 걱정하지 않는데, 깊은 곳의 무의식이란 놈은 걱정이 되는 모양이었다. 막상 병원에서는 편안하게 검사를 받았다. 병원이란 공간에서 오래 머무는 자체가 피곤했지, 검사는 그리 힘겹지 않았다.

검사 결과를 듣기 하루 전날, 엄마가 오셨다. 처음엔 김치와 반찬을 택배로 부치려다가 아무래도 직접 가고 싶으셨단다. 결과가 나오면 전화로 알려 드리려고 했는데, 병원 가는 걸 아시는 것처럼 딱 맞춰 달려오셨다.

항암 치료할 때 엄마, 아부지가 같이 계셨다가 내려가신 후로, 반찬을 배달시켜 먹었다. 오른손잡이의 오른쪽을 수술해 놔서 주부 노릇을 제대로 할 수 없었다. 연로하신 엄마가 종종 반찬을 만들어 보냈다. 그러나 충주에서 번번이 반찬 때문에 올라오실 수도 없는 일이었다. 대책은 배달 반찬이었다.

그런데 내 손으로 해 먹고 싶어 한 달쯤 배달을 쉬었다. 반찬을 몇 가지 만드는 날은 다른 일을 못 했다. 다른 볼일을 본 날은 반찬을 못 만들었다. 체력이 그것밖에 안 되는 것이다. 일 좀 하면 팔과 어깨가 쑤셔서 다음날까지 지장을 주었다. 결국, 다시 배달을 불렀다. 아직은 남이 해 주는 반찬을 먹어야 할 때인가 보다.

김치, 알타리, 멸치볶음……. 엄마는 반찬과 함께 추석에 있었던 일, 충주에 사시는 이모들 근황이며 밀린 얘기를 한가득 풀어놓으셨다. 항암 중에도 종일 엄마랑 수다 떠는 게 주요 일과였다. 엄마는 당일에 내려가실 계획이었다. 아부지께 딸네 집에 간다는 말도 안 하고 급작스레 오신 터였다. 하지만 다음날 결과가 궁금해 발이 떨어질 리가 없었다.

병원 문 안에 들어서자 가슴이 떨리기 시작했다. 괜찮겠지 하는 마음이었는데도 불구하고. 이래서 다들 '6개월 인생'이라고들 하는군. 6개월 검진 때마다 '이상 없음' 통보를 받아야 다시 또 6개월만큼은 맘 놓고 산다는, 환자들끼리 통하는 단어였다.

암 환자들은 보통 음식에 목숨을 건다. 채식은 기본이고 온갖 몸에 좋다는 걸 챙겨 먹는다. 나도 되도록 해롭다는 음식은 피한다. 하지만 난 음식보다 마음 편안하게 지내는 것을 일 순위로 놓았다. 결혼 후 한살림과 생협 위주로 먹었기에 발병이 음식의 영향이라고 생각하지 않았다. 집 앞 청계산 등산과 대공원 걷기, 하루하루 즐겁게 살기가 내 관리법이었다. 아무리 그랬어도 결과를 듣는 일은 긴장되었다.

유방암 센터에 가기 전에 정신건강의학과부터 들렀다. 호르몬 치료를 시작한 이후로 불면증이 심해서 수면을 유도하는 약을 먹고 있었다. 즐겁게 지내는 낮 시간과 상관없이 여성호르몬을 억제하는 치료는 지독한 불면증을 불러왔다. 어쩐 일인지 수면제는 전혀 소용이 없었고 정신건강의학과 약은 잘 듣는 편이었다. 그런데 이것도 과거지사. 한 달 전부터 다시 불면증이 심해져서 약을 바꿔야 했다. 바꾸는 약이 제발 효과 있기를.

드디어 유방암 센터 진료 시간.

"지난번에 검사를 여러 개 하셨어요."

J 교수는 컴퓨터 화면을 쭉 내려다보았다. 뭐라 뭐라 의학용어로 가득한 화면. 저 안에 내 상태가 어떤지 쓰여 있었다. 조마조마했다.

"음, 아무 이상 없네요. 6개월 뒤에 다시 봅시다."

"감사합니다!"

처음부터 그는 친절과는 담을 쌓았다. 자세한 설명 따위는 하는 법이 없었고 질문에도 성의 없이 답했다. 심지어 진료실이 카페라도 되는 양 태연스레 커피와 쿠키를 놓고 앉아 있는 날도 있었다. 그러나 이번만큼 은 그저 고맙기만 했다.

"엄마! 아무 이상 없대!"
"아이구, 정말 감사합니다! 다행이다, 다행이야!"
엄마는 나를 꼭 껴안으며 눈시울이 그렁그렁했다. 나도 엄마 등을 마 주 안았다.
"내 그럴 줄 알았다니까. 앞으로도 괜찮을 거야."
남편은 내 예언이 맞았지? 하는 표정으로 웃었다. 속이 후련했다. 엄 마도 내려가시는 발걸음이 가볍겠다. 무엇보다 엄마가 안심할 수 있어 서 기뻤다. 엄마 앞에서 나는 힘든 티를 낸 적이 없었지만, 엄마 역시 딸 앞에서 힘든 티를 내시지 않았다. 속으로야 얼마나 애가 탔겠는가.
지금처럼 매일 감사하며 살아야겠다. 간혹 화나거나 슬플 때도 있겠 지만 바람이 불 듯 그렇게 흘려보내야겠다. 내게 오는 모든 일을 선물처 럼 받아들여야겠다.

2012. 10. 17

반갑다,
매봉아

내가 매봉까지 올랐다!

올라가면서도 '정말 갈 수 있을까?' 반신반의했다. 오늘은 유달리 컨디션이 좋았다. 대개 제1 약수터까지만 간다. 이번엔 제1 약수터를 지나 제2 약수터, 그 위 오르막까지 수월하게 올라갔다. 가는 데까지 한번 가보자. 그렇게 조금 더 조금 더 하다가 드디어 꼭대기 아래 계단까지 왔다. 계단만 오르면 매봉이다! 여기까지 왔는데 이쯤이야. 끝내 매봉에 올라섰다! 뿌듯하고 자랑스러웠다.

남편과 아들에게 카톡을 날렸다.

"나 지금 매봉에 올라왔어!"

수술 후로 2년 만이었다. 감개무량이란 말이 절로 튀어나왔다. 오랜만에 보는 매봉은 여전했다. 아래로 과천 시내가 한눈에 내려다보였다. 약수터와는 바람 냄새가 다르구만!

7단지에 살다가 문원동으로 이사 온 지 4년. 산 아래 외진 주택가였다. 한마디로 대부분의 생활 면에서 불편했다. 하지만 우리 부부는 단점보다 장점에 후한 점수를 주었다. 서울대공원과 청계산이 엎어지면 코 닿을 정도로 가깝고 조용하며 공기가 깨끗했다.

항암이 끝나고 5월부터 청계산에 다시 다니기 시작했다. 그래 봐야 제1 약수터까지 가는 게 고작이었다. 예전에는 30분이면 도착했지만, 1시간이 걸리다가 차츰 50분, 40분으로 단축되었다. 5월부터 7월까지는 거의 매일 등산을 했다. 항암 후 체중이 5kg이나 늘었던 탓이다. 체중도 줄여야 했고 체력도 키워야 해서 기를 쓰고 다녔다.

어느 날 방광염 때문에 브레이크가 걸렸다. 장마철 무더위에 무리했는지 여행 중 방콕에서 생겼던 급성 방광염이 재발했다. 의사는 무조건 푹 쉬라고, 등산은 어림없다고 했다. 게다가 지난 8월은 끔찍하게 더웠다. 쉬는 김에 더위가 한풀 꺾이는 9월 초순까지 쭉 쉬었다.

10월 들어 본격적으로 등산에 발동을 걸었다. 무엇보다 날이 시원해서 기운이 났다. 아름다운 가을 날씨를 즐기고 싶었다. 매봉까지 너끈히 오를 줄은 예상하지 못했다. 물론 시간은 배가 걸렸지만. 달팽이라도 좋아라. 느려도 여기까지 왔다는 게 대견하기 짝이 없었다.

어제만 해도 '과연 올해 안에 매봉을 가볼 수 있을까? 체력이 예전처럼 돌아가려면 아직도 멀었나 봐.' 걱정했다. 그런데 오늘 당당히 매봉을 올랐다. 제일 큰 공은 '편안한 수면'이었다. 한 달쯤 잠을 통 못 자서

삼 일 전에 약을 바꾸었다. 그러고는 일고여덟 시간쯤 잘 잤다. 중간에 한두 번씩 깨기는 하나 곧 다시 잠드니까 상관없었다.

그토록 피곤했던 건 잠을 제대로 자지 못해서였군. 나는 미련하게 병원 예약 날짜만 기다렸다. 진작에 예약을 앞당겨 약을 바꾸었으면 고생을 덜었을 것을. 잠이 보약이다. 앞으로도 잠만 잘 자면 일상생활이 순조롭겠구나.

다시 만난 매봉아, 정말 반갑다! 우리 이제부터 자주 만나는 거야, 약속!

2012. 10. 19

자식보다
나를 더 사랑하기

안양까지 갈 생각은 없었다.

동네 수선집에서 해결이 날 줄 알았다.

"이건 우리가 못 해드려요, 기계가 없어요. 안양 중앙시장에 가셔야 할 수 있어요. 과천, 평촌 어디에도 이거 하는 데는 없습니다."

이거란 '단추 구멍'을 말한다. 나에겐 몇 년 묵은 핸드메이드 코트가 있었다. 핸드메이드 유행의 끝물에서 단돈 오만 원에 건졌던 옷이었다. 문제는 단추가 없었다. 달랑 허리띠로 묶는 스타일. 앞섶이 야물딱지게 여며지지 않아 바람이 술술 들어왔다. 겨울옷인데 겨울에 입을 수가 없었다. 이번에야말로 코트를 고쳐서 입고 다니리라 결심했는데. 이런, 안양까지 가라네.

하늘이 끄물끄물했다. 눈인지 비인지 뭐라도 올 거 같은 날씨. 혹시 몰라서 우산을 챙겨 왔다. 아직도 이석증약을 먹고 있었고 입안이 부르튼 것도 낫지 않았다. 안양까지 다녀오기는 무리가 아닐까.

다음 주에는 이사를 한다. 그 와중에 병원 예약이 두 개나 잡혀 있다. 그것뿐이랴? 이번 주에 입주 청소가 예약되어 있다. 업체에서 하지만 주인이 가서 꼼꼼히 확인해야 한다. 지인들과 식사 약속도 한 건 있다. 이사 후에는 짐 정리에 집 단장에 정신없겠지. 코트를 지금 해결하지 않으면 올겨울도 넘겨버릴 것이 뻔했다. 이러다 코트에 곰팡이 날라.

버스에서 내리자마자 바람이 불어댔다. 영하의 날씨는 아니었지만, 으슬으슬 몸이 움츠러들었다. 얼른 중앙시장 안으로 들어갔다. "여기 단추 구멍 만들어주는 데가 어디예요?" 물어서 찾아간 수선집. 안경을 코끝에 걸친 할머니와 젊은 딸이 일한다. 딸은 간단한 수선을 맡고 엄마는 정교한 기술이 필요한 일을 맡았다. 나도 바늘에 실을 꿰려면 한 번에 안 되는데, 할머니 사장님은 대단했다. 무려 재봉틀 세 대를 종횡무진 누볐다. 진짜 '기술자'였다. 주인장의 손놀림에 감탄하던 중 별안간 진눈깨비가 쏟아졌다. 진눈깨비는 곧 비로 변했다.

"어이구, 지랄이네. 3시부터 온다더니 왜 벌써 오고 난리야?"

"그러게요, 말을 안 듣네요."

"나 참, 이놈의 날씨가 말을 안 들어."

할머니가 단추 구멍을 만드는 동안 나는 아들에게 전화했다. 코트 수선 때문에 안양에 왔으니 알아서 점심을 챙겨 먹으라는 내용이었다. 녀석의 고질병이 또 나왔다. 엄마 올 때까지 안 먹고 기다리겠다, 늦어도 엄마 오면 같이 먹겠다, 이런 대답. 혹은 알았다고 하고는 내내 굶고 있다가 내가 들어서기 무섭게 밥 달라고 하는 수법. 그러면서 하는 변명이 가소로웠다.

"엄마 없을 땐 이상하게 배가 안 고파. 그러다가 엄마 얼굴만 보면 갑자기 배가 고파진다고. 정말이야."

오늘은 내가 한 수 받아쳤다.

"엄마도 수선하는 거 기다리느라 배고파 죽겠다. 여기서 점심 사 먹고 갈 거야. 먹든지 말든지 알아서 해."

그러자 이번엔 애원조로 말했다.

"그럼 점심은 알아서 먹을 테니까 맛있는 것 좀 사 와요. 꼭!"

"비는 쏟아지고 가방은 두 개에다 우산까지 들고서, 어디 가서 맛있는 걸 사니? 맛있는 거 들고 갈 손도 없다. 그리고 엄마, 무지하게 피곤해."

전화를 끊고 나서 물이 뚝뚝 떨어지는 우산을 들고 시장 안을 죄다 둘러보고 있는 나. 그놈의 맛있는 걸 찾기 위해서! 마땅한 게 없었다. 저기 녹두빈대떡 노점 발견. 세 장을 샀다. 일회용 용기에 하나씩 따로 포장해 검은 비닐봉지에 담아 주었다. 꽤 묵직했다. 코트를 담은 종이가방, 외출용 가방, 빈대떡 봉지에 우산까지 받쳐 들자 팔이 부들부들 떨렸다. 허, 오른손으로 무거운 거 들면 안 되는데.

눈으로 또 빵집을 찾았다. 전에는 이 안에 빵집이 있었다. 고급스러운 제과점이 아니라 옛날 빵을 파는 데였다. 수수한 양배추 샐러드빵을 사고 싶었다. 가끔 못 보던 빵을 사다주면 아들이 좋아한다. 하지만 빵집은 못 찾고 대신 버스 정류장 앞 파리바게트에 들렀다. 아들이 즐겨 먹는 고로케와 다른 빵 몇 개를 샀다. 가방은 더 무거워졌다.

온몸이 지쳤다. 눈알도 뻑뻑하고 두통도 있고 무엇보다 어깨와 팔이 무척 아팠다.

'나 지금 뭐 하고 있는 거지?'

그간 무리해서 이석증도 재발했고 아직 다 낫지도 않았다. 책[3]의 초고 작업도 일주일 넘게 손 놓고 있었는데, 나는 뭘 하는 거지? 나를 가장 아끼겠다고, 사랑하겠다고 약속했다. 그런데 내 몸을 왜 이리 막 대하고 있는 거지? 고질병의 당사자는 바로 나였다. 말로는 안 된다고 하면서 몸으로는 하는 병. 남편이나 다른 가족들이 무리한 부탁을 하면 단호하게 거절한다. 유독 자식 앞에서만 예외였다. 나도 모르게 몸이 스스로 움직인다. 녀석의 '엄마 밝힘증'은 내가 만들었고 내가 키우고 있었다.

맨날 "너 이제 엄마로부터 독립해라." 노래를 부르면 뭐하나? 뒤로는 이렇게 해주면서 말이다. 그동안 내심 아이의 의사를 존중하는 괜찮은 엄마라고 믿었다. 현실의 나는 존중을 넘어 아이에게 끌려다니곤 했다. 남편의 대학 시절에 시어머니가 엠티 가방을 싸줬다는 얘기를 듣고 기절 초풍했었다. 싸준 사람이나 그걸 받은 사람이나 똑같다고 흉을 보았다.

하지만 나도 아이의 똥고집에 여러 번 끌려다녔다. 여행 중 남아공 요하네스버그역에서 노숙할 때, 잠비아에서 굳이 말라위로 들어갈 때가 그랬다. 두 번 모두 아이는 나중에 '엄마 말을 들었으면 좋았을걸'이라고 후회했다.

시어머니는 어린 아들이 요구하지 않아도 알아서 대령하는 엄마였다. 나는 아들이 요구하는 걸 거절하지 못하는 엄마였다. 네팔에서, 이럴 거면 너 혼자 한국으로 돌아가라는 불호령을 듣고 나서야 아이는 무모한 고집을 버렸다. 요즘 아이의 예전 버릇이 반쯤 다시 나온다. 여행에서의 배움을 일상에 정착시키기란, 하던 대로의 습관을 벗어나기란,

---

3 고등학교 대신 지구별 여행/소율 저/돋을새김/2014

녹록할 리가 없었다.

나라고 마냥 허용적이지는 않았다. 공부한다고 집안일을 나 몰라라 하는 건 용서가 안 된다. 식기세척기 돌리기, 음식물 쓰레기와 재활용 쓰레기 버리기는 아들 몫이다(물론 자주 일러줘야 한다). 이사 후엔 부엌이 넓어지니 간단한 요리도 가르칠 생각이다. 아들의 소망대로 알래스카에 간다면 꼭 필요한 생존 기술이 될 것이므로. 유사시 집에서 혼자 밥 챙겨 먹기는 기본이다.

아들은 아기 때부터 먹는 것을 좋아했다. 아가 시절 누워서 분유 250cc를 가뿐히 원 샷 하던 실력을 지녔다. 자라면서 반찬 투정 없이 잘 먹어 이쁨을 받았다. 그런데 밥을 먹을 때는 꼭 나를 맞은편에 붙들어 앉혀 놓아야 한다. 묘하게 먹는 일만큼은 엄마에게 몹시 의존한다. 간식을 먹을 때도 식사를 할 때도 엄마가 옆에서 지켜봐 주어야 만족한다.

반면 공부는 스스로 알아서 하고 있다. 고등학교 과정인데다 알래스카 대학을 가겠다고 준비하고 있었다. 어차피 내 능력을 넘어서는 일. 그저 '니가 알아서 잘하거라'라는 말 밖에. 도움이 필요한 부분이 생기면 그것만 지원한다.

두 가지의 차이가 명확하다. 공부는 엄마가 상관을 안(못) 하니 자연스레 독립이 될 수밖에 없다. 먹는 것은 늘 챙겨 주니까 엄마가 아프고 힘들어도 무조건 기댄다. 방법은 간단하다. 내가 해줄 수 없을 때는 안 해주면 된다. 핵심은 말이 아니라 행동이었다.

이제부터 나는 '아들의 무리한 요구를 거절하기'에 익숙해질 것. 나는 아들로부터 아들은 나로부터 독립할 것. 나를 먼저 보살피고 나를 먼저 사랑하고 내가 먼저 행복해질 것. 나는 나로 인해 충분히 행복해야 한다.

행복한 엄마로 사는 모습을 보여주는 것. 그리하여 자신도 행복한 사람
으로 살게 하는 것. 내가 아이에게 줄 것은 그것뿐이다.

아들아, 엄마는 엄마를 가장 사랑할 테니 너도 너를 가장 사랑하면서
살아가거라, 부디.

2012. 12. 5

나의 온기를 품은
특별한 무엇

홈패션에 꽂혔다.

일주일 내내 재봉틀을 붙들고 산다. 무리하면서도 손을 놓을 수가 없었다. 자꾸 만들어야 할 목록이 생기기 때문이다. 시작은 커튼이었다. 좁은 빌라에서 살다가 넓은 아파트로 이사를 왔다. 창문마다 커튼이 필수였다.

우리 집은 3층이라 앞 동에서 훤히 내려다보였다. 급한 대로 안방과 아들 방 커튼을 주문했다. 불면증 환자가 자야 할 안방은 불빛을 차단할 암막 천으로 골랐다. 아이 방은 파란색 바탕에 하얀 꽃이 그려진 천이다. 커튼을 달아 방이 한층 아늑했다. 다음엔 거실이 걸렸다. 처음엔 거실 커튼만 만들어 보기로 했다.

재봉틀을 산 후, 한동안 식탁보를 만들고 바짓단 줄이기를 여러 번 해 보았다. 직사각형으로 네 면만 박아서 늘어뜨리는 커튼이라면 어렵지 않을 것 같았다.

바야흐로 '일인 공장'이 문을 열었다. 우선 원단 전문 쇼핑몰에서 천을 골랐다. 옅은 회색 바탕에 잔잔한 꽃무늬가 있는 리넨 천. 커튼 봉과 고리, 핀도 필요했다. 배송된 천이 이럴 수가, 회색이 아니라 누런 톤이었다. 썩 맘에 들지는 않았다. 시험 삼아 반만 만들기로 했다. 열두 마 중에 여섯 마만 사용하는 셈이었다.

오랜만에 재봉틀을 꺼내어 식탁 위에 올려놓았다. 먼저 천을 세 마씩 두 장 재단했다. 너비 150cm에 길이 270cm. 그것을 두 장 박아야 했다. 윗단은 세 번, 아랫단은 두 번씩 접어서 다린 뒤 시침 핀을 꽂았다. 양옆은 풀리지 않는 마감이라 한 번만 접어서 박으면 되었다.

재봉질을 시작했다. 천이 커서 생각보다 힘이 들었다. 왼손으로 늘어지는 천을 잡아끌고, 오른손으로 박히는 쪽을 잡고, 눈은 바늘에서 한시도 뗄 수가 없었다. 잠깐 딴짓하면 선이 비뚤어졌다. 눈도 뻑뻑하고 허리도 아팠다. 내가 이걸 왜 시작했대? 한 장을 해 놓고 점심을 먹고 나머지 한 장을 마저 해 놓았다. 다음은 전체를 싹싹 다릴 차례. 두 장을 다리는데 적잖이 시간이 들었다. 금방 하루가 다 갔네. 내가 또 사서 고생을 하는구나.

밤에 남편에게 봉을 부착해 달라고 했다. 고리를 끼워서 걸어 커튼 반쪽 완성! 휑하던 거실이 포근해졌다. 그러나 약간 어두운 느낌. 나머지 반은 아이 보리 색으로 바꾸어야겠다. 그럼 분위기가 환해지겠지? 같은 디자인의 아이 보리 색으로 여섯 마를 더 주문했다. 두 가지 색을 반반씩 섞어서 만들 계획이었다.

먼저 샀던 누런 톤 여섯 마가 그대로 남았다. 비싼 천을 놀릴 수는 없었다. 그걸로 에어컨 커버와 쿠션 커버를 만들기로 작정했다. 큰일 났다. 양재 본능이 또 발동되었다. 기실 홈패션의 세계는 나의 관심사가 아니었다. 재봉틀을 사용할 줄도 몰랐고, 양재를 배우지도 않았다. 내가 천을 가지고 노는 걸 좋아하리라는 건 상상도 하지 못했다. 내 안에는 정말 내가 모르는 내가 너무도 많다.

다음날은 에어컨 커버에 도전했다. 초보 재봉사에게 입체적으로 뒤집어씌우는 형태는 엄두가 나지 않았다. 대신 끈으로 묶는 간단한 디자인으로 결정. 에어컨의 뚜껑 부분을 먼저 만들었다. 그다음 기다란 직사각형 네 개를 따로 만들었다. 역시 주름을 다려 놓았다. 요놈들을 뚜껑과 연결해 박았다. 앗, 또 하루가 갔다.

셋째 날은 네 개의 천을 묶어줄 끈을 만드느라 종일 시간이 걸렸다. 모두 스물네 개의 끈이 필요했다. 넷째 날은 남편 방 커튼을 만들었다. 거실 커튼처럼 간단하게 박는 스타일이다. 다섯째 날은 베개 커버 하나, 쿠션 커버 하나, 주방 창문 커튼을 완성했다.

나는 아예 재봉사로 취직을 해버렸다. 하나를 하고 나면 또 하나를 하게 되고 그러면 또 할 게 나오고……. 뜻밖에 중독성이 심했다. 저녁때가 되면 허리도 아프고 목도 뻐근하고 눈도 침침해졌다. 그런데도 천이 눈에 보이면 멈춰지질 않는다.

'신에게는 아직 거실 커튼의 절반이 남아있나이다.'

이순신 장군도 아니고 왜 이럴까? 쿠션 커버와 베개 커버도 몇 개 더 필요했다. 지금 공장 가동을 잠깐 멈춘 이유는? 주말과 휴일이 끼어 주문한 천이 아직 배송되지 않았기 때문이다. 덕분에 글 쓸 짬을 냈다. 좀

쉬기도 하고 말이지.

하나하나 작품(?)이 완성될 때마다 신이 났다. 내 손으로 뭔가를 만들어 낸다는 게 재밌다. 돈만 주면 얼마든지 새것을 얻을 수 있는 소비의 시대. 수공 작업은 반전의 매력이 철철 넘쳤다. 어떤 물건이 만들어지는 과정을 고스란히 느껴보는 것, 그것을 즐기는 것. 단순한 물건이 아니라 나의 온기를 품은 '특별한 무엇'이 되는 것. 완성품이 썩 멋들어지지는 않아도 과정만으로 행복했다. 내가 내 삶을 주도하는 느낌이었다.

한편으로 내 몸을 직접 움직이는 작업은 피곤하고 힘들었다. 생각보다 노동 강도가 셌다. 이걸 업으로 한다면 정말 고된 일이겠구나. 나의 일인 공장은 재미와 고통을 동시에 선사했다. 모든 일에는 양면이 존재하는 걸까.

암 환자에게는 균형을 잡는 것이 가장 막중하다. 기우뚱기우뚱 양팔을 쭉 펼치고 이쪽으로도 저쪽으로도 기울지 않게 걸어가기. 가능하다면 재밌게 즐겁게 그러나 무리하지는 않게. 재봉질을 하든 글쓰기를 하든 일상은 균형 잡기를 배우는 놀이터.

그런데 내 책의 초고는 언제 다 쓰누?

2013. 1. 1

뱀이 제 꼬리를 물고 도는 것처럼

"무엇보다 중요한 건 건강이니까요. 지금껏 잠을 못 자서 약을 먹는데, 더 잠을 못 자게 만들어 건강을 해치면 안 되는 거죠. 아무리 하고 싶은 일이라도 건강보다 앞설 수는 없잖아요. 일단은 약을 조금 늘려 드릴게요. 그리고 지켜봅시다. 그걸 계속해야 할지 말지, 때가 되면 스스로 판단을 내릴 수 있을 거예요."

오늘은 진료가 있는 날. 병원에 가면 기본적으로 세 가지 일을 처리한다. 1. 정신건강의학과에 가서 진료를 받고 약(수면을 유도하는 진정제 종류)을 타 온다. 2. 유방암센터에서 졸라덱스(항호르몬제 주사)와 놀바덱스(타목시펜 성분의 항호르몬제 알약) 3개월 치를 처방받는다. 3.

주사실로 올라가 졸라덱스를 맞는다. 사이사이 수납은 필수.

집으로 돌아가는 버스 안에서 의사의 말이 머리를 맴돌았다. 무엇보다 중요한 건 건강, 아무리 하고 싶은 일일지라도. 평범하고 당연한 말인데 오늘따라 가슴을 울렸다. 영어학원에 다니기 시작하면서부터 수면 리듬이 엉망이 되었다. 결과적으로 약을 늘리고 말았다.

학원에 가기 위해 새벽에 일어나 만원 버스와 지하철을 탄다. 두 시간 반에 걸친 수업과 돌아와서 이어지는 복습 세 시간쯤. 영어공부는 여행에서 돌아온 뒤부터 꼭 하고 싶었다. 수업은 상당히 재미있다. 반면에 복습 스트레스를 약간 받는다. 음, 약간이 아니라 상당히? 그러니까 잠을 못 자는 거겠지. 이른 아침 7시 반에 나가는 것부터 무리이긴 했다.

가로수들은 연녹색과 진녹색이 겹쳐 바람에 흔들거렸다. 버스 안에서 바라보는 흔한 풍경이 오늘따라 마음에 젖어왔다. 평범한 거리. 버스에 앉아 있는 것. 다시 갈아타려고 걷는 것. 기다리는 것. 하나하나가 클로즈업되어 다가왔다. 평범한 모든 것이 한꺼번에 스러져 버릴 수도 있는데. 당해보지 않았나, 일상이 송두리째 흩어지는 날벼락을. 힘겹게 새로운 시작을 만들었던 것을. 지난 고통이 의미 있었을지언정, 되풀이하고 싶지는 않았다.

나는 요즘 지나치게 열심히 살고 있었다. 하고 싶은 일을 건강보다 앞세울 정도로. 균형을 잡아야 한다는 걸 자꾸 잊는다. 우주의 먼지로 돌아가는 날까지 외나무다리를 건너야 한다는 걸. 개울에 빠지지 않도록 중심을 잡고서 말이다. 내년 봄엔 꼭 여행을 가고 싶고, 그래서 그때까지 최선을 다해 영어 연습을 하고 싶고, 그런 소망 또는 욕심이 불면증을 되불러 왔다.

약 없이는 잠도 못 자는 주제에 하고 싶은 일은 어째서 그리 많을까? 버킷 리스트에 적어 놓은 일들을 왜 그렇게 해 보고 싶을까? 뱀이 제 꼬리를 먹으려는 셈이다. 언제 '안녕' 하고 떠날지 모르는 삶이니까 시간이 없다고. 그러다가 더 빨리 떠날 수도 있는 것을. 뱀은 제 꼬리를 물고 뱅뱅 돈다. 아무리 물어봐야 니 꼬리를 먹을 수는 없잖니?

주책스럽게 버스에 앉아 눈물이 핑 돌았다. 환자임을 잊고 살았다. 완전히 잊지는 않았는데 해 보고 싶은 일에 밀려 거의 잊을 뻔했다. 열심히 말고 아홉심히만 살기로 했거늘.

욕심을 내려놓고 발걸음을 천천히 천천히…….

2013. 6. 26

세 가지
경우의 수

내일이다.

세 번째 정기검진 날. 두 번째까지는 별생각이 없었다. 아무 근거도 없이, 괜찮을 거 같았다. 이번은 신경이 쓰인다. 운동은 꾸준히 했던가? 음식은 잘 챙겨 먹었나? 스트레스는 안 받고 지냈나? 자꾸 점검하게 된다.

5, 6, 7, 8, 9, 10월까지, 지난 육 개월 동안 무슨 일이 있었더라? 5월엔 칭다오로 5박 6일 가족 여행을 다녀왔다. 아프리카까지 섭렵한 우리에게는 싱거운 여행이었지만. 매일 맛난 중국 음식을 먹는 재미로 지냈다. 6월, 7월 두 달 동안 영어학원에 다녔다. 강남까지 날마다 출퇴근하고 집에서도 복습을 두어 시간씩, 무리수를 둔 나머지 7월 말에 넉다운. 학원 생활은 겨우 2개월 만에 종 치고 말았다. 8월에는 학원을 온라

인 수업으로 바꾸었으나 갈수록 흐지부지. 9월에 결국 휴지기를 선언하고 영어공부는 잠시 중단했다. 또한, 9월부터 출판사(돈을새김)와 본격적인 출간 작업에 들어갔다. 10월 둘째 주, 드디어 초교를 넘겼고 사진도 보정이 끝났다.

여름엔 밸리 댄스를 의욕적으로 시작했지만 오래가지 못했다. 아직 엉덩이도 흔들지 못하는 나에게 부채를 들고 춤을 추란다. 선생님, 저는 신입회원인데요? 9월에 있을 발표회 준비를 한다고 난이도를 높인 것이었다. 나로서는 황당하기 짝이 없었다. 10월에 요가로 갈아탔다. 오른쪽 팔로 무게를 버티는 동작을 하고 나면 어깨가 아파서 조심하고 있다. 아침에 요가를 하고 나면 확실히 기분이 상쾌하다.

다른 건 문제가 없었는데 음식을 챙겨 먹는 게 여전히 힘들다. 조금만 일을 해도 어깨와 등짝이 아파 요리인들 제대로 할 수가 있나. 엄마는 정기적으로 반찬을 만들어 보낸다. 엄마 반찬을 다 먹고 나면 '오늘은 뭐 해 먹지?' 고민이 반복된다. 날마다 채소를 충분히 먹어야 하는데 별반 실천을 못 하고 있다. '암 환자가 이래서 되겠어?' 자신에게 말해보지만 뾰족한 수가 없다. 나는 먹는 것보다는 늘 다른 것에 관심이 쏠린다. 책 쓰기, 여행, 산책, 그림, 영어공부……. 정말 체질은 공주 과인데 환경이 받쳐 주질 않는구나.

오늘은 푸른 하늘이 사람을 밖으로 불러내었다. 청명한 바람과 햇살이 어찌나 유혹적인지! 집 근처 코스모스밭에 아들과 같이 나갔다. 몇 주 전만 해도 봉오리였는데 벌써 반쯤은 지고 있었다. 꽃밭을 거닐다 커피 한 잔을 사 들고 놀이터에 앉았다. 햇볕이 따가웠다가 바람이 서늘했다가 기분 좋은 날씨. 아름다운 순간이구나.

불현듯 생각이 났다. 만약에 내일 검사에서 이상이 나오면 어찌할까? 언제라도 벌어질 수 있는 상황이다. 첫 검사 때는 '평소처럼 사는 거지.' 라고 했지만. 막상 그런 일이 또 벌어진다면? 처음 진단받았을 때처럼 멍하니 아무 생각도 안 날 수 있다. 미리 한 번 예상 시나리오를 짜는 것도 나쁘지 않겠어. 조금 나쁠 경우, 많이 나쁠 경우, 최악의 경우. 정신이 맑을 때 하나하나 생각을 해두어야겠다. 경계선에 서 있는 자의 바람직한 태도렸다. 근거 없는 낙관도 막연한 비관도 아닌, 아랫배에 힘을 주고 중심을 잡기.

오늘의 일기는 '세 가지 경우의 수에 대응하는 방법에 대하여'가 되시겠다. 그건 펜으로 꾹꾹 눌러쓰는 일기장에다 논하는 걸로.

2013. 10. 21

딸꾹질의 노래

나는 나를 잘 알아야 한다.

자다가 돌연 딸꾹질이 났다. 느닷없었다. 나는 잠에서 깨어 딸꾹, 딸꾹, 노래하듯 반복했다. 추운 줄 몰랐다. 나는 내 몸에게 미안해서 얼른 이불 두 겹을 목까지 끌어올렸다. 한참이 지났다. 그래도 딸꾹질은 멈추지 않았다.

나 추웠어, 딸꾹. 자는 동안 추웠다고, 딸꾹. 몸이 칭얼댔다. 미안해, 이젠 괜찮을 거야. 마음은 가만가만 달랬다. 그래도 딸꾹질은 멈추지 않았다.

고치처럼 폭 쌓인 몸에서 열이 나기 시작했다. 조금 있으면 더워질 것 같았다. 딸꾹질을 안 해도 될 만큼 따뜻한데도 몸은 못내 서운해했다. 계속 하소연했다, 딸꾹, 딸꾹, 딸꾹……

나는 마침내 더워졌다. 목에서 이불을 슬쩍 내렸다. 눈물이 나지 않는데도 억지로 우는 아이마냥 몸은 아쉬운 듯 몇 번 딸꾹거리다가 겨우 멈추었다.

조금씩 유방암 환자라는 자각이 흐려지지만, 몸은 아직 아니라고 이렇게 신호를 보낸다. 환자라는 옷을 입은 뒤로 체온조절이 어려워졌다. 금방 더워지고 이내 추워졌다. 종일 입었다 벗었다, 부산스럽다. 여름엔 무조건 시원하게 입고 겨울엔 무조건 따뜻하게 입고 본다.

외출할 때는 늘 무게를 잰다. 나가는 즐거움과 힘들어지는 체력 사이에서 추를 저울질한다. 즐거움이 아무리 클지라도 체력을 넘어선다면 그 외출은 포기(해야)한다. 말처럼 쉽지는 않다. 나는 자꾸 나의 체력을 과대평가하고 싶어지니까. 금세 들통날 눈속임. 집에 돌아올 때쯤, 아니 돌아오기 전부터 선택이 적절했는지 판명 난다.

나는 나를 아주 잘 알아야 한다. 구석구석 속속들이. 한밤중에 딸꾹질의 노래를 듣고 싶지 않다면.

2013. 12. 4

엄마
반찬

아침에 엄마, 아부지가 오셨다.

반찬 보따리를 바리바리 싸 들고서. 충주에서 고속버스 첫차를 타셨단다. 부모님이 오실 땐 정해진 순서가 있다. 먼저 충주에서 언니가 사는 안양으로 가신다. 일차로 언니와 회포를 푼다. 그리고 나서 언니가 부모님을 차에 모시고 우리 집으로 온다.

내가 아픈 이후로 난 '내버려 두어도 알아서 잘하는 딸'에서 '챙겨줘야 하는 안쓰러운 딸 1'로 탈바꿈했다. 언니 역시 형부가 돌아가신 뒤로 '부모님 잘 챙기는 맏딸'에서 '챙겨줘야 하는 안쓰러운 딸 2'로 바뀐 지 오래였다. 속 안 썩이고 살던 딸 둘이 모두 엄마 치마폭에 감싸 안아야 할 어린것들이 되어버렸다.

부모님은 딸들 굶을까 봐 반찬을 만들어 가지고 오신다. 한동안 아부지도 편찮으시고 엄마도 몸이 좋질 않아 반찬을 만들어주지 못했다. 그게 맘에 걸리셨는지 이번엔 기어코 올라오셨다. 나도 엄마 반찬이 아쉬웠지만 대놓고 해 달라고는 못 했다. 아픈 줄 뻔히 알면서 어떻게 그러겠는가.

학원을 운영하는 언니가 수업시간 전까지 돌아가야 해서 시간이 넉넉하질 않았다. 정작 언니보다 부모님 맘이 더 바빴다. 큰딸이 늦을까 봐 한숨 돌릴 틈도 없이 상자를 여셨다. 엄마가 식탁 위에 봉지 봉지 싸 온 반찬들을 펼쳐 놓는 사이, 나는 있는 대로 반찬통을 꺼냈다. 된장, 각종 나물, 양념한 돼지고기, 밑반찬, 겉절이 김치, 심지어 썰어 놓은 파까지. 텅 비어 있던 냉장고가 금방 그득해졌다. '

그런데도 엄마, 아부지는 이구동성.
"뭐, 한 것도 없어."
한 게 없긴! 저것들 만드느라 얼마나 시장에 오갔을 것이며, 아픈 허리는 얼마나 더 아팠을 것인가. 울 엄마의 소원은 딸들이 엄마 집 근처에 살아서 매일 반찬을 해다 주는 것이다. 멀어서 자주 못 해주는 게 안타까울 뿐이었다.

그 와중에 나는 아프다고 투정을 부렸다. 요즘 이런저런 일로 스트레스를 받았는지 위장이 말썽이었다. 일주일째 끓인 밥과 김으로만 연명하고 있었다.
"나 이 반찬들 지금 먹지도 못해. 요즘 죽만 먹는다니까."
철없이 부모님 속을 아프게 했다.
"아이고, 그렇게 못 먹어서 어떡하냐!"

부모님이 날 안쓰러운 딸로 취급해주니까 나도 어리광부리는 딸 모드로 달라진다.

바람처럼 다시 집을 나서는 부모님. 뒤에는 불룩해진 냉장고가 자기 배를 두드리고 있었다. 아들과 둘이 맞는 점심시간. 돼지고기를 볶고 나물들과 황태 무침을 덜어 놓았다. 아들 입이 헤 벌어졌다. 엄마가 환자가 된 이후로 제대로 반찬을 못 해주고 있었다. 실은 환자여서 잘 먹어야 하건만 환자여서 예전처럼 오래 부엌에 있질 못한다. 아이러니이며 악순환이었다.

부모님이 가신 뒤, 기분이 좋아졌다. 가득한 반찬들 때문일까, 엄마랑 아부지 얼굴을 봐서일까. 그동안 영어책만 붙들고 있었고 다른 데 눈 돌릴 여유가 없었다. 내 안의 기운을 꺼내 쓰기만 하고 어디선가 받을 데가 없었다. 울 엄마, 아부지가 에너지를 주고 가셨구나. 덕분에 마음이 환해졌다.

매일 한 가지라도 나를 기쁘게 하는 일을 해야지. 그게 공부보다 중요하다. 까짓거 준비⁴ 좀 덜 하면 어때? 가서 부딪치면 되겠지. 기대 수준을 낮추고 즐기는 데 의미를 두어야겠다. 왠지 위장도 곧 나아질 것 같은 느낌이 들었다. 엄마, 아부지의 힘! 마흔일곱에도 부모님의 손길은 필요하다! 자식은 늙어도 부모님 앞에서 영원히 어린 자식이고 싶다.

방금 엄마가 전화하셨다. 아까 숨도 못 돌리고 돌아선 것이 아쉬웠으리라. 반찬 하나하나 어떻게 만들었는지, 황태는 가시 조심하고, 겉절이는 좀 억세니 그리 알아라, 버스 타고 올 때 기사가 휴게소엘 안 들려서 힘들었다, 저녁은 막내 이모네 들러 얻어먹고 집에 왔다, 아까 너 아프

---

4 가을에 떠날 필리핀 어학연수를 준비하고 있었다.

다고 해서 걱정이다, 신경 많이 쓰지 말고 맘 편하게 지내라……

온갖 이야기가 펼쳐졌다. 올 엄마가 그러면 그렇지, 수다를 못 떨고 가셔서 할 말이 많으셨던 게다. 길디긴 통화는 "공부에 너무 신경 쓰지 말고 그저 마음 편하게 지내라."로 끝났다.

네, 엄마. 무조건 맘 편히 지내도록 할게요.

2013. 3. 24

언젠가 오겠지,
그날!

4월의 마지막 날.

드디어 2년간의 졸라덱스(난소 억제 주사)가 끝났다! 수술, 방사선, 항암 뒤 항호르몬제(5년)와 난소 억제 주사(2년)를 처방받았었다. 이제는 타목시펜(항호르몬제)만 먹으면 된다. 여전히 정신건강의학과에서 수면 유도제를 받아와야 하지만, 이거라도 마친 게 어디야. 속이 후련했다. 불면증은 난소 억제 주사와 항호르몬제의 부작용이었다. 둘 중 하나는 졸업했으니 불면증도 좀 나아지려나?

아들과 함께 생협 매장에 들러 흑맥주와 육포를 샀다. 내친김에 김밥과 어묵을 사고 슈퍼에 들러 캔맥주 호가든도 하나 추가. 주사 치료를 마치고 술을 마시는 게 타당해 보이지는 않는다만. 축하주 한 잔은 해야 겠지. 결국, 호가든과 흑맥주 도합 두 캔을 룰루랄라 시원하게(!) 마셔버렸다. 술김에 간이 커졌다. 오늘은 공부도 땡 치자! 나는 시원하게(!) 단어 하나 안 보고 자버렸다.

타목시펜이 3년이나 남았다. 그걸로 끝일지, 다른 약을 더 먹어야 할지는 가봐야 안다. 불면증이 조금이라도 나아질지 마찬가지일지도 알 수 없었다. 학생이 공부하면서 책을 한 권씩 떼듯이, 이렇게 치료도 하나씩 떼어가는 거겠지.

타목시펜 5년(또는 10년)을 다 먹은 뒤에 치료가 완전히 끝났다고 좋아하는 사람들이 있다. 완치와는 별개의 문제다. 약을 먹는 동안에는 어쨌든, 재발이나 전이의 위험이 줄어든다. 반대로 할 수 있는 모든 치료가 끝나면 전보다 위험에 노출될 수도 있다.

누가 뭐래도 나는 전자 편이다! 일상을 일상답게 살 수 있다면 좋겠다. 아무런 약 없이도 생활할 수 있을 그 날을, 바라고 바란다.

언젠가 오겠지, 그날!

2014. 4. 30

3장

평범하고
특별한 삶

내 몸이 소리 내어 말해 주었으면

　오랫동안 벼르고 기대했던 필리핀 여행 중에 소화불량이 심해졌다.

　여행에서 돌아온 뒤, 한의원에 다니고 있다. 한의사가 당부했다. 마음이 눈치채지 못하고 있을 뿐 무리를 하게 되면 아무리 좋아하는 일이라도 몸은 스트레스를 받게 된다고. 더구나 큰 병을 가진 사람이 아니냐, 욕심을 내려놓고 천천히 가시라고. 백번 옳은 말.

　한의원에서 보는 내 몸의 상태는 이렇다. 원래 약한 위장을 타고났는데 그걸 치료하지 않고 그대로 살았다. 거기에 오랜 시간 극심한 스트레스를 받아 유방암으로 발전했다(한의학적으로 위장과 유방은 연결되어 있다고). 그런 몸을 성심껏 돌보지 않고 (여행, 어학연수, 책 쓰기 등등으로) 과로를 했다. 그러므로 암을 유발했던 예전의 환경으로 다시 돌아가지 않는 것과 과로를 피하는 것이 중요하다.

매번 같은 식이었다. 무언가를 하고 싶어 간절히 소망하고 노력하다가 이루어낸다. 다만 그러기 위한 몸의 한계치가 어디까지인가, 그게 문제였다. 해 보지 않고는 알 수가 없었다. 유방암 수술과 여러 가지 치료 후에는 도대체 내 몸 상태를 가늠하기가 어렵다.

다른 환자들은 어찌 지내고 있을까 가끔 유방암 카페를 들여다본다. 사람마다 상황과 사정이 달라 비교란 소용없는 일. 하루에 네 시간씩 운동해도 팔팔한 사람이 있고 한 시간만 운동해도 기진맥진이라는 사람도 있다. 자기 몸을 세심하게 들여다보아야 하는 과제가 어떤 환자에게나(누구에게나) 주어진다. 난 과제를 잘하지 못했다. '참 잘했어요!' 도장을 받아야 하는데 '더 노력하세요.' 도장을 받은 듯.

마음은 언제나 긍정적이다, 혹은 필요 이상으로 낙천적이거나. 환자임에도 불구하고, 오히려 환자라서 그랬을까? 하고 싶은 것들이 있었고 그걸 성취하면서 기쁨을 느꼈다. 머리카락이 스포츠머리 정도로 자랐을 때부터 모자를 쓰고 책 쓰기 강좌에 참여했다. 우리의 여행이 잊히기 전에 글로 정리하고 싶었고 반드시 책을 내고 싶었다. 육 개월 동안 강좌를 들으며 초고를 완성했다. 같은 수업을 들었던 사람 중에 초고를 끝낸 사람은 나 혼자였다. 수십 군데의 출판사에 기획안을 돌렸고 몇 군데서 회신을 받았다. 정. 말. 운이 좋은 편이었다.

고대하던 첫 책이 출간되었다. 여행 에세이 『고등학교 대신 지구별 여행』을 출판하는 과정과 뒷얘기는 우리 여행만큼이나 파란만장했다. 어떤 여행이든 좋았던 기억과 힘들었던 기억이 섞여 있듯 출간 또한 마찬가지였다.

첫 책이 나오자 자연스레 두 번째, 세 번째 책도 생각하게 되었다. 여러 가지 계획이 저. 절. 로. 세워졌고 그걸 향해 걸어갔다. 뒤늦은 마흔에 시작한 여행이 앞으로의 인생에 귀중한 위안이며 도전이었다. 여러 가지 계획은 모두 여행과 관련된 것들이다.

암을 앓았던(앓고 있는) 환자는 일단 자기 몸을 위하는 일에 모든 힘을 쏟는다. 이제까지 해왔던 복잡한 일들을 내려놓고 몸에 좋다는 음식을 찾아 먹고 몸에 좋다는 운동을 시작하고 자기 몸을 살리는 데 매진한다. 적어도 첫 몇 년은 대부분 그런 수순을 밟는다. 그러다 차츰 본래의 습관대로 돌아가기도 하지만.

나는 정석을 따르지 않았다. 물론 병의 요인이었다고 생각한 것들을 많이 치워버렸다. 스트레스받지 않고 되도록 즐거운 일에만 집중했다. 내 발병의 원인이 음식이나 생활습관보다는 정신적인 것에 있다고 보았기 때문이다. 무슨 버섯, 무슨 약초를 열심히 달여 먹는 대신 책을 썼고 혼자만의 여행을 다녔다.

그런데 한쪽에만 치우쳤나? 몸을 관리하는 데는 소홀했던 것 같다. 수술한 지 만 3년이 넘었건만 아직도 내 체력의 한계가 어디인지 모르겠다는 게 그 반증이다. '이 정도는 괜찮을 거야' 생각하지만, 어쩌면 나의 소망에 불과할 뿐. 어느 순간 또 무리하게 된다. 따지고 보면 별로 무리하는 건 없는데도 무리가 된다. 내 생각엔 무리가 아니었는데, 그 당시엔 분명 무리가 아닌 거 같았는데, 내 몸은 무리였다고 나중에 고백한다. 탈이 나는 걸로.

위장이 허약했던 것은 오래되었다지만 어학연수 이후에도 푹 쉬지 못했다. 이사 날짜가 촉박해서 바쁘게 집을 보러 다녀야 했다. 이사를 준비하고 당일 짐을 옮기고 (아무리 이삿짐센터가 한다 해도) 두고두고 정리하는 것까지 보통 손이 가는 일이던가.

따가이따이(마닐라 인근의 작은 도시)로 어학연수 10주를 갔을 때 설마 2주나 빨리 돌아오리라고는 꿈도 꾸지 않았다. 나는 8주를 간신히 버티었다. 가기 전 몸 상태는 괜찮은 편이었다(고 판단했다). 나름 체력 단련을 했고 소화도 잘되었다. 그러나 현지 학원에서 매일 여섯 시간씩 수업받고 두어 시간 자습하는 걸 내 몸은 견디지 못했다.

어학연수를 중단하고 돌아오니 그 후의 필리핀 여행이 걱정스러웠다. 따가이따이에 있을 때 예약한 여행이었다. 여행 일정을 줄일까 바꿀까 고민을 했다. 그런데 두 달가량 열심히 운동해서인지 컨디션이 상당히 좋아졌다고 착각했다.

처음부터 말해 주었다면.

"이런 식의 생활은 몇 주 후에 체력 고갈을 불러올 것입니다. 지금은 괜찮지만 6주가 지나면 한계에 다다를 것이므로 주의하시기 바랍니다. 우선 아침에 침대에서 일어나는 것이 매우 힘들어지고 (몸 상태가 나빠지면 재발하는) 이석증이 올 수도 있습니다."

여행 중엔 잠을 설치는 편이라 필리핀 여행에서도 어느 정도는 예상했다. 못 자는 날이 있으면 잘 자는 날도 있을 테니 보충하면 되겠지. 대책 없이 안일했다. 인간은, 콕 집어 나는 자기 편할 대로 상황을 인식한다. 환자가 되기 전과 지금의 상황은 완전히 달라졌는데 말이다.

따라서 이렇게 알려 주었다면.

"필리핀 여행 중 특별히 숙면에 신경 쓰시기 바랍니다. 삼일 이상 잠을 푹 자지 못했을 경우 엄청난 체력 저하와 피곤함을 느낄 것입니다.

그 상태가 일주일 정도 지속하면 소화력이 급격히 떨어질 예정입니다. 또한, 추운 지역에서 난방이 되지 않는 잠자리 역시 체온 저하와 심각한 소화불량을 불러올 것입니다."

내 몸이 소리 내어 말해 주지 않아도 그걸 알아차릴 수 있어야 했다. 한창 항암치료를 받을 때 앞으로는 반드시 내 몸의 소리를 귀 기울여 듣겠다고 결심했건만, 실천하지 못했다. 나는 내 몸을 돌보는데 미숙했다. 여행이, 공부가, 출간이, 그리고 앞으로의 계획들이 아무리 간절한들 내 몸만큼 소중하겠는가. 자꾸 그걸 까먹는다. 마음은 지독하게 기억력이 나쁘다. 호되게 당하고 나서야 마음은 다시 몸 앞에 무릎을 꿇는다. 아주 낮아지고 겸손해진 모양새로.

2015. 2. 25

포기할 수 있는 용기

요즈음 내 마음속에 맴도는 '포기'라는 단어.

포기는 배추를 셀 때만 필요하다는 농담처럼 포기에 대한 사람들의 견해는 대체로 부정적이다.

"(절대) 포기하지 마라!"

우리는 이 말을 숱하게 들어왔다. 나도 무언가를 포기해야 했을 때는 패배자로 전락한 느낌이었다. 물론 하기 싫은 일들은 아무 거리낌 없이 포기하고도 죄책감이 들지 않았지만. 문제는 내가 정말 하고 싶고, 할 수도 있는 일을 포기해야 하는 경우였다.

올해 나는 몇 가지 계획을 세웠다. 1월의 필리핀 여행이 첫 번째였고 그 뒤로 차근차근 새로운 일들을 벌이려는 찰나였다. 그러나 편협한 낙

관은 깨어졌고 필리핀 여행의 여파에서 빠져나오지 못했다.

돌아보면 무척이나 열심히 달려왔다. 아마 보상심리가 컸을 것이다. 발병 전까지 16년을 스트레스에 시달리며 살았다는 후회, 남들에겐 백세시대일지 몰라도 내게는 내일이 없을지 모른다는 조바심, 그동안 못했던 것들을 해 보고 싶다는 욕심, 죽기 전에 무언가 이뤄 놓고 싶다는 소망.

하고 싶은 일만 한다고 해서 몸이 힘들지 않은 것은 아니었다. 마음은 천릿길을 달리는데 몸은 겨우 몇 발자국을 떼고 있는 형국이었다. 의욕이 넘치는 기수가 정작 쇠약한 말을 타고 있었다. 그는 달리기 전에 말부터 돌보아야 했을 것이다. 하지만 반대로 병든 말의 모든 기운을 짜내어 어떡하든 달렸다.

나의 내달림을 보는 사람들은 한결같이 말했다. "정말 대단하세요, 멋져요, 파이팅!" 단 한 사람도 "무리하는 게 아닐까요? 좀 멈추어 쉬는 건 어떨까요?"라고 말하지 않았다.

우리는 그만큼 '열심히'라는 신화에 목매고 있었다. 열심히 하는 게 나쁜 건 아니지만 때에 따라서는 사람에 따라서는 독이 될 수도 있음을 간과했다. 나는 격려의 말에 알게 모르게 영향을 받았겠지. 아홉심히만 살자고 마음먹었지만 '열심히'에 중독된 마음과 몸은 쉬이 바뀌지 않았다.

나는 천천히 가는 법을 익혀야만 한다. 그리고 포기하는 법도 함께. 나 같이 좋아하는 일에 미쳐서 몸을 한계까지 밀어붙이는 스타일은 포기할 줄도 알아야 한다. 올해 세웠던 멋진 계획들을 나는 대부분 포기해야 했다. 실은 포기하기가 진짜 진짜 싫었다.

포기해야 할 일을 포기하려면 커다란 용기를 내야 한다. 해야 할 일을 포기하지 않는 것만큼이나 똑같이 엄청난 용기가 필요하다. 적어도 내게는 그보다 더한 용기를 요구했다.

요새 나의 생활은 단순하다 못해 지루하다. 아침을 먹고 한 시간쯤 산길을 걷는다. 점심을 먹고 다시 40분쯤 동네를 걷는다. 중간에 이런저런 집안일을 한다. 그 후 한의원에 가서 침을 맞는다. 돌아오면 무려 4시! 이쯤 되면 지친다. 저녁을 먹은 뒤 또 30분쯤 집안을 걷는다. 7시~8시 화상 영어 수업. 소화가 안 되어 서서 한다. 끝나면 심히 피곤하다. 컴퓨터를 켠 김에 잠깐 내 블로그에 들어가서 체크 하다 보면 남편이 돌아온다. 같이 얘기를 나누다가 10시에 잔다.

줄이면 '먹고 걷고 한의원에 갔다가 잡일 하기.' 아침부터 계속 걷거나 서 있기 때문에 오후가 되면 다리가 엄청 아프다. 인터넷을 보거나 글을 쓰는 사실상 불가능하다. 책상 앞에 앉아서 일하면 위장에 곧바로 탈이 나기 때문이다.

두 달째 제대로 먹지 못하고 집에만 있어 우울했다. 친구들을 만날 때면 잠시 기분이 좋았다가 작은 일에 도로 내리막길을 걸었다. 마음껏 하고픈 일을 하다가 억지로 멈추었기 때문일까. 여기서 심해지면 딱 우울증 각. 3종 세트 치료를 받을 때도 비교적 즐겁게 지냈는데 무서운 복병을 만났다!

포기하는 법도 배우라는 섭리일까? 하, 완전히 포기하지는 못하겠다. 몸이 조금 좋아지면 다시 이런저런 일을 추진할 내 모습이 보인다. 그럼 되겠어, 안 되겠어? 돌부리를 걸림돌로 보지 말고 넘어진 김에 쉬어 가시게. 한 번씩 걸려 넘어져야 옆도 보고 뒤도 돌아볼 여유가 생기는 법 아니겠나.

나는 기도한다.

"포기해야 할 일을 포기할 수 있는 용기를 주소서."

그리고 다짐한다, 제발 일곱심히만 살자고.

2015. 3. 18

참 걷고 싶은
계절이다

타목시펜을 먹은 지 3년 5개월.

타목시펜(일명 놀바덱스)은 항호르몬제로 재발률을 낮춰주는 유방암 치료 약이다. 보통 5년(이나 10년)을 복용한다. 이 약을 먹자마자 부딪친 첫 번째 부작용은 지독한 불면증. 할 수 없이 수면 유도제를 처방받아 먹었다.

3년째 되는 작년부터 골다공증이 생겼다. 두 번째 부작용이었다. 병원에서는 골다공증약을 주었다. 또한, 콜레스테롤 수치가 높아졌다. 세 번째 부작용. 의사는 수치가 더 올라가면 또 약을 먹으라고 한다.

올해는 소화가 되지 않는다. 가벼운 소화불량이 아니라 극심한 위장장애. 3년 넘게 먹었던 여러 가지 약 때문에 본래 약했던 위장이 비명을

지르는 것이었다. 반년째 한약을 먹고 침을 맞고 운동을 해도 차도가 없었다.

무언가를 먹고 나면 최소 한 시간은 걸어줘야 간신히 편안해진다. 그리고 새 모이만큼 먹어야 간신히 소화가 된다. 음식을 맘껏 먹는 꿈을 자주 꿀 정도로 먹고 싶어도 못 먹고 산다. 잠 못 자는 고통에 못 먹는 괴로움까지 겹치니 정말 사람 미치겠다.

나는 심각하게 고민하지 않을 수가 없었다. 도대체 이놈의 약을 계속 먹어야 하는 걸까? 다음엔 또 어떤 부작용이 튀어나오려나? 몸을 망가뜨려 가며 과연 5년을 채워야 하는 걸까? 마음 같아서는 당장 끊고 싶은데 대안이 없었다.

의사 선생님께는 미안하지만, 병원 치료라는 게 점점 믿음이 떨어진다. 타목시펜이 재발률을 낮춰준다지만, 세트로 딸려오는 부작용에 대해서는 속수무책이었다. 이 증상이 나오면 이 약으로 막고 저 증상이 나오면 저 약으로 막고……. 부작용에 의한 약들이 점점 늘어갔고 그로 인한 소화 장애는 갈수록 심해졌다. 악순환이 반복되고 있었다. 그러나 의사들은 외눈 하나 깜빡하지 않았다.

지난주 병원에 가서, 소화가 되지 않아 몹시 고생한다고 했다. 그럼 소화제를 처방해 주겠단다. 누구는 소화제를 먹을 줄 모를까. 그리고 소화제 정도로 해결될 일 같으면 말도 안 했다.

일주일이 넘게 고심을 했다. 남편과도 머리를 맞대고 의논했다. 타목시펜을 이쯤에서 끊어 버릴까? 5년을 채우지 않아서 나쁜 일이 생겼다고 후회하지 않을 수 있을까? 약을 안 먹는 세상을 상상하면 그보다 좋을 순 없었다. 항호르몬제도 골다공증약도 수면 유도제도 한약도 안 먹는 세상. 약 없이 사는 꿈 같은 세상. 그게 천국이지! 유혹이 얼마나 달

콤했던지 결심을 하기 직전이었다.

이놈의 타목시펜, 그만 던져 버리자. 5년을 안 채웠다고 다 재발 되는 것도 아니고. 혹시 재발이 되더라도 그건 숙명이려나? 논리적으로 생각하면 아무리 힘들어도 5년을 채워야 맞는데, 심정적으로는 정말 중단하고 싶었다. 5년을 먹었다고 재발하지 않는다는 보장도 없다. 단지 확률이 낮아지는 것이다. 누구도 알 수 없는 확률게임. 거의 결단을 내리고 저녁 시간을 맞이했다. 항상 식탁 위에 놓여 있는 하얀 알약. 그런데 생각할 겨를도 없이 내 손이 약을 집어 들어 입안으로 쏙 집어넣었다. 습관대로 손이 움직였다.

그제 밤에 이어 어젯밤도 잠을 못 잤다. 수면 유도제를 먹었음에도 새벽 4시까지 잠들지 않는 이 몸. 약을 먹어도 종종 잠이 안 드는 날들이 있다. 별다른 이유도 없이. 수면 유도제를 줄여 보려고 애를 썼지만, 여전히 못 한 이유가 이것이었다.

아침에 잠깐 선잠을 자다 겨우 일어났다. 거실에 나와서 바라본 하늘엔 구름 한 점 없었다. 눈이 부시게 푸르른 날은 그리운 사람을 그리워하자는 시구가 떠올랐다. 요가를 가야 하는데 이런 날 실내 운동이란 날씨에 대한 모욕이지! 나는 요가를 빼먹고, 걸어서 40분이 걸리는 약국에 갔다. 삼 개월 치의 타목시펜을 사러 말이다. 에라, 수면 유도제도 못 줄이겠고 항호르몬제도 못 끊겠고 나는 그저 파란 하늘이나 실컷 보고 싶었다.

약국에서 생긴 일. 새파랗다 못해 어려 보이는 청년 약사가 '나 레알 신참이오.' 하는 얼굴로 서 있었다. 약을 내주며 나를 불쌍해하는데, 나는 도리어 웃음이 나왔다.

"저 …… 몇 기세요?"

'보통은 이런 거 안 물어보는데.'

"아, 2기요."

"그래도 초기에 발견해서 다행이네요. 치료 약도 있고요, 이 약 열심히 드세요."

'2기를 초기라고 할 수 있나?'

그는 약과 함께 따뜻한 쌍화탕 하나를 내주었다. 감사히 받았다. 무감각한 병원 의사들보다 어리바리한 약사가 낫네. 귀여웠다.

약봉지를 들고 근처 벤치에 앉았다. 파란 하늘이 싱그럽고 아름다웠다. 살랑살랑 부는 바람도 사랑스러웠다. 마음을 고쳐먹었다.

까짓, 5년 먹어 준다! 소화 안 되면 한약 먹고 운동하지 뭐. 수면 유도제? 줄이려 애쓰지 말고 그냥 편하게 먹자고. 어차피 항호르몬제 먹는 동안에는 줄이는 게 불가능하니까. 여행에도 약 싸 들고 가자. 느리게 쉬엄쉬엄 다니는 거야. 이제 3분의 2지점을 돌았어. 앞으로 일 년 반만 버티면 돼. 최대한 긍정적으로 가는 거야. 봐, 하늘도 저리 푸르다고!

나는 한참을 앉아서 속말을 하고는 40분을 되걸어 집으로 돌아왔다. 참 걷고 싶은 계절이다.

2015. 9. 18

타목시펜과
영영 이별

기어이, 타목시펜을 끊어 버렸다.

마음을 들여다보고 또 들여다봐도 더 이상은 먹고 싶지 않았다. 나아가 먹지 말아야겠다고 생각했다. 올 한 해 소화가 전혀 되지 않아 아무것도 할 수가 없었다. 공부도 책 읽기도 글쓰기도 일 년 내내 팽개쳤다. 명색이 책 한 권을 냈지만, 본업에 돌아갈 수 없었다.

인간의 기본 욕구인 식욕을 일 년 동안 채우지 못하자 벌어진 일. 나는 이른바 '비뚤어질 테야!'를 몸소 실천했다. 소화되거나 말거나 과자도 먹고 빵도 먹고 탄산음료도 벌컥벌컥 마셔주고……. 평소의 식생활과 정반대로 살았다. 생전 없던 악마 같은 식탐이 마구 샘 솟았다. 소화는 안 되고 살은 찌는 기현상까지 벌어졌다.

근본적으로 타목시펜(항호르몬제)을 끊어야만 그에 따르는 부작용이 줄어들 테고 현재 먹는 각종 약 또한 줄일 수 있다. 그러면 자연스레 소화 기능도 돌아오겠지. 항호르몬제가 불러오는 최악의 부작용은 자궁내막증이다. 지난번 산부인과 검진에서는 다행히 이상이 없었다. 그러나 이대로는 언제 자궁에도 문제가 생길지 알 수 없는 일. 마지막 남은 건 자궁 차례였다.

그리하여 과감히 결심했다. 더 심한 부작용을 막기 위해서라도 멈춰야겠다고. 주변의 환우들을 보면 재발이나 전이는 그저 운명이라고 해야 할 경우가 많았다. 철저하게 자신의 건강만 챙기며 살아도 누구는 경과가 좋질 않았다. 반면 누구는 그저 마음 가는 대로하고 싶은 대로 하고 살아도 팔팔했다.

나중에 혹 무슨 문제가 생기더라도 타목시펜을 중단한 탓이라고 후회하지 않기로 했다. 이만큼 부작용에 시달렸으면 먹을 만큼 먹은 거다. 그 외의 것들은 그야말로 하늘이 하시는 일인 것을.

타목시펜과 이별한 지 벌써 40일이 되었다. 아침저녁으로 먹던 알약 두 개가 사라져 세상 편하다. 30일까지는 특별히 달라지는 게 없었다. 한 달이 넘어서자 조금씩 몸에 변화가 생기기 시작했다. 수면 유도제의 개수를 줄여도 무리 없이 잔다. 밀가루만 피한다면 소화력도 나아졌다.

얼마 전 대만 여행을 갔을 때, 하도 걸었더니 집에 돌아와서도 자꾸 걸어야만 할 것 같은 의무감이 들었다. 몇 년 전 아들이랑 제주 올레를 걸을 때도 마찬가지였다. 삼 일을 걷고 나자 다음날부터 눈만 뜨면 자동으로 두 발이 움직였다. 아무 생각 없이 걷고 또 걷는 게 좋았다.

평소에도 하루에 한 시간은 걸었지만, 성이 차질 않는다. 가능하면 두 시간을 걸으려고 노력한다. 대만에서처럼 아침 먹고 걷고 점심 먹고 걸으니까 소화가 잘되네. 소화가 잘되니 모든 일에 의욕이 돋는다.

요즘은 하루하루를 알차게 보내고 있다. 운동도 영어도, 글쓰기도 재밌게……. 심심할 틈이 없다. 이제야 생활이 제자리를 찾는 듯하다.

그동안 고생 많았다, 토닥토닥.

2015. 11. 7

하지만 결정은 환자의 몫이죠

어제 병원에 다녀왔다.

일곱 번째 종합검사 결과를 들었다. 타목시펜을 끊고 두 달이 넘은 터라 그 영향이 어떨지도 매우 궁금했다. 주치의인 J 교수를 예약하지 않은 지는 오래되었다. 그 양반은 예약을 잡기도 어렵거니와 나도 그를 대하기 싫었다.

눈 씻고 찾아봐도 성의라곤 한 톨 없으며 모니터조차 본인이 읽지 않았다. 그럼 누가 읽느냐고? 그에게는 다른 의사들과 달리 간호사 두 명이 붙었다(일반적으로 한 명이 보조함). 그들 중 하나가 (마치 하녀처럼) 공손하게 모니터를 대신 읽고 환자 상태에 대해 알려 주었다.

그에게 무언가를 질문하면 대답 대신 비릿한 미소를 지으며 표정으로 말했다, 그딴 걸 왜 나한테 물어보는 거죠? 그러면 하녀 역할을 하는 간호사가 쩔쩔매며 대신 대답했다. 도대체 제왕인지 의사인지…….

어제 만난 의사는 유방암센터의 의사 중 단연 인간적이었다. 그녀는 시원시원하게 대답을 잘해주었고, 솔직했고, 환자를 가르치려 들지 않았다. 친절하게 검사 결과 하나하나를 짚어가며 자세히 설명해 주었다. 모두 이상 무, 야호! 더구나 골다공증약을 안 먹어도 된다! 약 하나 줄었다, 앗싸! 역시 항호르몬제를 끊으니까 바로 골밀도 수치가 올라갔다. 대신 칼슘제 처방, 이것만도 어디냐, 뛸 듯이 기뻤다.

단, 콜레스테롤 수치가 계속 높았다. 이 상태가 지속 되면 고지혈증 약을 먹어야 한다고. 도무지 이유를 모르겠다. 뚱뚱하지도 않고 기름진 고기를 즐기지도 않는데 왜 그런 수치가 나오냐고요? 음식 섭취와 관계없이 간에서 콜레스테롤이 생성되는 경우가 흔하단다.

내심 항호르몬제 끊은 걸 어떻게 털어놔야 하나 걱정스러웠다만. 친절한 그녀 앞에선 부담 없이 얘기할 수 있었다. 그녀는 처방대로 5년을 채워 먹을 것을 권했다. 의사로서 당연한 일이었다.

"…… 하지만 결정은 환자의 몫이죠."
하고 말했을 때, 속이 뻥 뚫리는 것 같았다! 환자가 느끼는 고통은 본인만 알지 의사인 내가 알 수 없으므로 무조건 참고 먹으라고 강권하기도 힘들다, 그러니 결정은 본인이 하시오.
다른 의사들은 아무리 부작용에 대해 호소해도 강 건너 불구경이었다. '당신이 아프지 내가 아프냐?' 하는 표정으로. 로봇처럼 이 부작용엔 이 약,

저 부작용엔 저 약, 그저 증상에 대한 처방만 내릴 뿐이었다. 그녀는 나처럼 부작용이 많은 경우는 드물다고 했다. 내가 오래 참았던 것이었다.

지난 육 개월 동안 완벽하게 건강생활을 한 건 아니었다. 먹는 건 아무거나 다 먹었고(빵, 과자는 좀 줄여야 해), 운동은 하루에 1시간 20분 정도 꾸준히 했다. 좋아하는 여행을 다녔고 앞으로도 갈 예정이고. 사실은 내일 갈 예정이고, 호호호. 베트남 다낭, 최종 목적지는 호이안.

며칠 전 비로소 내년에 갈 유럽행 항공권을 질렀다. 고이 쌓아 놓은 아시아나 가족 마일리지와 무비자 90일을 살뜰하게 쓸 계획이다. 간만에 긴 여행을 시도하고자 한다. 2011년 6개월간의 세계 여행 이후로 제대로 된 장기여행이 되시겠다.

오롯이 혼자 하는 여행. 마음이 부푼다.

2015. 12. 3

5년 무사 통과 비결은?

유방암 수술을 받은 지 꼭 5년.

지난주에 5년 차 정기검사 결과를 듣고 왔다. 콜레스테롤과 불면증을 제외하면 이상 없음! 근거 없는 배짱으로 병원에 갔는데 휴, 마음이 놓였다.

10월 3일 이후로 중증환자에서 벗어나고 앞으론 1년에 한 번씩만 검사를 받는다. 유방암은 재발이 잦은 병이라 여전히 안심할 수 없지만 적어도 1차 관문은 무사히 통과했다. 이렇게 5년, 또 5년 …… 재미나게 살다 보면 언젠가 내가 암 환자였나 가물가물해지는 날도 오겠지. 하긴 지금도 전혀 환자 마인드가 아닌 여행자 마인드로 살고 있네.

지난 5년이 꿈결 같다. 아들과 세계 여행을 다녀온 뒤, 미처 여독을 풀 겨를도 없이 유방암 진단을 받았다. 항암치료 때문에 박박 깎은 머리가 삐죽삐죽 자라 나올 무렵 야구모자를 눌러쓰고 책 쓰기 교실에 등록했다. 정성껏 원고를 썼고 첫 책인 여행 에세이 『고등학교 대신 지구별 여행』을 출간했다.

그 사이 아들은 알래스카 대학에 들어가 대학생이 되었다. 나도 늦깎이 학생으로 짧은 필리핀 어학연수를 다녀왔다. 여행 또한 멈추지 않았다. 중국, 일본, 대만, 베트남, 필리핀 …… 올해엔 스페인, 프랑스, 독일에서 한 달씩 살아보는 여행을 감행했다. 그리고 10월부터 여행 강의 〈중년을 위한 첫 번째 배낭여행〉을 시작한다.

책을 쓰고 여행을 다니면서 또래의 여성들에게 "어떻게 하면 작가님처럼 자유 여행을 할 수 있을까요? 두렵지만 나도 도전해 보고 싶어요."라는 말을 자주 들었다. 이 강의는 그분들에게 드리는 실질적인 대답이자 작은 용기이다. "그럼요, 여러분도 할 수 있고 말고요!"

유방암과 함께 한 이후로 가슴에 새긴 문장. '하고 싶은 것만 하고 살자, 그러기에도 인생은 짧다!', '너무 열심히 말고, 아홉심히 아니 일곱심히쯤 즐기면서 살자!'

그러한 태도가 겁도 없이 해마다 일을 저지르는 원동력이 되었다. 돌아보면 나의 건강관리법은 가능한 한 '즐겁게 재미나게' 사는 것. 특히 효과 좋은 해독제는, 여행! 환자를 위한 만병통치약, 여행!

나부터 재밌는 일, 나아가 남들까지 재밌게 만드는 일을 자꾸자꾸 벌이련다. 점점 더 신나게 살아보련다. 인생 뭐 있어! 그동안 정말 수고했다, 고생했다. 내 어깨를 내가 두드린다.

병이 가져다준 또 하나의 복은 '남편의 내 편화.' '남의 편이라 남편이구나'에서 '남편이 내 편이구나'로 달라졌다. 물론 하루아침에 이루어지진 않았다. 둘 다 힘든 시간을 지나왔다. 하지만 5년이라는 세월 동안 천천히 조금씩, 이제는 건실한 내 편이 되었다(아직도 가끔 내 속을 뒤집어 놓는 건 안 비밀).

고마워, 그리고 당신도 고생 많았어. 앞으로도 잘 부탁해. 우리 알콩달콩 웃으며 살자. 살아온 날들보다 살아갈 날들을 더 행복하게.

2016. 9. 25

오십이
되었다

2017년, 오십이 되었다.

아직 젊음이 남아있던 30대만 해도 나의 50대를 감히 상상할 수 없었다. 어느덧 착실히 나이를 먹어 오십 줄에 무. 사. 히. 다다랐다. 오늘 내가 느끼는 감정은 안도감이다. 여기까지 잘 왔구나. 유방암을 겪으면서 나이 먹어가는 과정을 귀중한 선물로 여기게 되었다. 병으로 인해 이른 나이에 세상을 떠나는 사람들을 보았다. 그들에겐 안타깝게도 '늙어갈 기회'가 주어지지 않았다. 나이 듦을 경험하는 것은 누구에게나 떨어지는 공평한 기회가 아니었다. 나는 크리스마스 선물을 받는 심정으로 새로운 50대를 덥석 받아 안았다.

가끔 남편이 묻는다. 과거로 돌아갈 수 있다면 언제로 돌아가고 싶냐고. 나는 과거의 어느 때로도 돌아가고 싶지 않다. 지금이 가장 좋다. 인생의 터닝 포인트가 되었던 40대도 괜찮았고 이제부터 시작될 50대도 기대된다.

장기여행을 할 때마다 신기한 현상에 빠진다. 겨우 익숙해졌던 나라를 떠나 또 새로운 나라에 도착했는데 의외로 금방 적응하는 것이다. 언어도 풍경도 문화도 화폐도 다르고 특히 사람이 달라졌다. 그럼에도 불구하고 하루 이틀 지내다 보면 곧 어색함이 사라진다. 변심한 애인처럼 지나온 나라일랑 빠르게 잊고 오직 새 나라에 집중한다.

정반대의 측면도 재미있다. 여행경력 10년이면 제법 베테랑 여행자에 속하지만, 새로운 나라에 처음 가면 또다시 서툰 초보 여행자가 된다. 레알 초짜보다 적응하는 시간이 조금 빨라질 뿐, 시작은 그들과 같다.

나는 오늘 갓 국경을 넘어 '오십'이라는 나라로 입국했다. 아직은 낯설지만, 여느 때처럼 새 친구들을 사귀고 골목골목을 씩씩하게 누빌 것이다.

여행은 언제나 옳다.

2017. 1. 1

진짜
갱년기

열이 오른다.

바야흐로 '진짜 갱년기'에 돌입했다. 그럼 '가짜 갱년기'도 있냐고? 가짜 갱년기가 진짜로 있었다. 유방암 수술 이후 항암과 호르몬 치료를 하면서 가짜 갱년기가 찾아왔다. 치료 과정이 강제로 갱년기를 만드는, 즉 인위적으로 생리를 멈추게 하는 것이었다. 그로 인해 진작에 갱년기 증상을 독하게 맛보았다. 불면, 열감, 콜레스테롤 수치 증가, 복부 비만, 골다공증 등.

타목시펜을 끊고 생리를 몇 번 하다가 완전히 멈춘 건 지난봄이었다. 완벽한 폐경이었다. 난 '폐경'이란 말이 무척 거슬린다. '폐'라는 단어는 어디에 갖다 붙여도 심기가 껄끄럽다. 폐쇄, 폐인, 폐기 등……

여자를 오직 아이 낳는 기계로 보는 느낌이랄까? 사람을 용도로만 판단하는 지극히 기능적인 용어. 나는 폐경 대신 '완경'이란 단어를 좋아한다. 비로소 완성된 여자, 완경. 나이 오십은 되어봐야 인생의 쓴맛 단맛을 아는 것처럼 완경을 해 봐야 완성된 여자가 되는 것이라고 주장하고 싶다.

7개월 동안 생리를 안 하는 상태였지만 완경인지 치료 후유증인지 헷갈렸다. 지난여름이 워낙 더웠기 때문일까, 완경을 해서 더위를 느꼈던 것일까, 구분이 되지 않았다. 어쨌건 가을임에도 이상스레 속에서 열이 나는 건 확실하다.

아하, 이게 진짜 갱년기구나. 치료나 약의 영향이 아닌, 내 몸이 자연스레 맞이한 갱년기. 가짜 갱년기가 엄청난 부작용과 후유증을 자랑하기에 이쯤은 대단치 않다. 하지만 열감의 색깔이 묘하게 다르다. 어제도 자다 말고 이불을 걷어찼다. 얇은 이불로 바꾼 뒤에야 가까스로 잠들었다. 더워서 깼던 것이었다.

며칠 전 남편이 썰렁하다고 보일러를 틀었다. 그때도 더워서 벌떡 일어났다. 얼른 보일러를 끄고 누웠는데 다시 잠들기가 힘들었다. 아침에 남편은 한 소리를 들어야 했다. 아직 보일러를 넣을 때가 아닌데 괜히 틀어서 사람 잠을 못 자게 만들었다고. 겨울이 되기 전까지 절대 보일러를 틀지 말라 엄명을 내렸다.

6년 동안 (가짜) 갱년기를 지나왔는데 새삼스레 갱년기를 또 겪을 줄은……. 처음도 아니고 가볍게 넘어가리라 생각했다. 그러나 예상은 빗나갔다. 아무튼, 할 건 다해야 통과되는 인생. 어떻게 하나도 건너뛰는 게 없을까? 속된 말로 회자 되는 '지랄 총량의 법칙'이 여기에도 적용되나 보다. 이건 숫제 '고통 총량의 법칙'이라 해야 할까.

근데 일편 반가웠다. 나도 정상적인 여자의 범주를 따라가는구나 싶어서. 환자의 경로보다는 여자의 경로가 훨씬 아름답다. 그깟 갱년기 증상쯤, 가뿐하게 받아주마.

열이 올라 갈증이 나서 자주 맥주를 마신다. 전 같으면 설사가 날 법한데 웬일로 멀쩡하다. 타고나길 몸이 찬 편이라 한여름에도 얼음을 먹지 못한다. 어제는 저녁밥을 먹고 나서 얼마나 열이 솟던지 아이스크림을 다 퍼먹었네. 별일이다. 가을에 아이스크림이라니. 며칠 전에는 대공원에 갔다가 겉옷을 벗어 던지고 반 팔로 걸었다. 나 혼자 여름이었다. 나쁘지 않다.

이참에 열 많은 여자, 열정적인 여자, 불타는 여자가 되어봐?

2017. 10. 5

아무튼,
6년

2018년 새해 벽두, 6년 무사통과.

다행이고 감사하다. 이번에는 기실 걱정이 되었다. 6년 차 종합검사
는 순탄하지 않았다. 원래 2017년 9월에 검사가 예약되어 있었다. 5년
차 검사를 받고 난 뒤 일 년 동안 일에 몰두하느라 검사 따위는 까맣게
잊고 지냈다.

2016년 말에 시작한 중년을 위한 여행강좌를 2017년에는 본격적으
로 진행했다. 단체강연 요청이 늘어 강연을 다니는 게 재미있었다. 더불
어 강좌 내용을 책으로 펴내는 작업을 시작했다. 5월에 출판사와 계약
을 맺고 10월까지 원고를 썼다.[5]

---

5 중년에 떠나는 첫 번째 배낭여행/소율 저/자유문고/2018

9월에는 인도네시아 여행을 잡아 놓았다. 세상에, 검사 날이 여행 한 중간에 떡 박혀 있는 줄도 모르고 말이다. 어떻게 검사 날짜까지 잊어버릴 수가 있나. 5년이 넘어가서 그럴까, 지금 생각해도 대단히 무심했다.

뒤늦게 놀라 여행 일정을 바꾸려고 했으나 여의치 않았다. 할 수 없이 검사 날짜를 바꾸기로 했다. 그런데 가장 가까운 날이 12월 29일. 무려 삼 개월이 넘는 기간 동안 단 하루도 비는 날이 없었다. 검사받는 사람들이 그렇게 많은 줄 처음 알았다. 앞으로 종합검사 날짜는 꼭 지켜야겠다. 변경하기가 하늘의 별 따기였다.

며칠 내내 꿈자리가 사나웠다. 밤새도록 억울한 일을 당하는 꿈을 꾸다가 아침에 깨면 기분이 확 나빠졌다. 일어나 움직이면 꿈에 대한 기억은 곧 사라지지만, 검사 날도 꿈이 뒤숭숭했다. 괜찮겠지 하면서도 혹시나 하는 걱정을 내려놓을 수가 없었다. 결과는 검사 1주일 뒤에 나온다.

결과를 들으러 아들과 함께 병원에 갔다. 대학 생활 중 아이는 겨울 방학 때 집에 돌아오지 않았다. 올해는 무슨 바람이 불었는지 귀한 몸이 오셨다. 힘들었던 유학 생활을 보상받듯 매일 먹고 자기만 하더니 전날 밤 불쑥 말했다. "엄마, 내일 내가 같이 갈까?" 아빠가 마침 집에 없어 자기라도 가야 할 것 같은 책임감이 들었나? 혹시라도 나쁜 결과가 나오면 엄마 혼자서 힘들까 봐 걱정되었나?

이 녀석, 결과는 괜찮을 거라 단정하고 끝나면 치킨과 골뱅이에 맥주나 한 잔 하잔다. 엄마를 핑계 삼아 치맥을 하려는 사심이 가득했다. 아무렴, 결과만 좋다면 뭔들 못 하겠니?

검사 결과, 재발 전이 없이 이상 무. 오른쪽 유방에 물혹이 하나 있으나 별거 아님. 골 감소증이 있으나 심각하지 않음. 이건 칼슘 복용보다 운동이 더 효과적. 단 콜레스테롤 수치가 높으니 내분비내과 진료를 받을 것.

전체적으로 대단한 문제는 없었다. 일 년 내내 "내가 유방암 환자였어?"라며 무심하게 지낸 것에 비하면 황송한 결과였다. 작년에도 콜레스테롤 수치가 높았는데 올해 더 올라갔다. 이것만 해결하면 나머지는 바랄 게 없겠다.

지난 10월부터 12월까지 걷기와 등산을 열심히 해서 콜레스테롤 수치가 떨어졌을 것 같았는데 전혀 아니었다. 체중을 줄이지 못해서였을까? 몇 년 새 체중이 늘었다가 작년에 인도네시아 여행을 다녀온 후 2kg이 빠졌다. 추가로 3kg을 감량해야 본래 내 체중이 돌아온다.

콜레스테롤 수치를 낮추기 위해 다양하게 시도를 해야겠다. 붉은 고기는 끊고 생선이나 해물, 두부를 먹기. 채소 섭취량 늘리기. 더불어 식사량 조절해서 체중 줄이기. 지난 삼 개월 동안 운동한 결과, 먹는 양을 줄이지 않으면 체중도 줄지 않는다는 사실을 발견했다. 먹는 것에 비해 내 운동량이 부족했을 수도 있었다. 하루 한 시간의 운동량을 더 늘리기는 현실적으로 어려우므로 먹는 걸 줄일 수밖에 없다.

운동은 걷기나 등산을 넘어서 적극적으로 체력을 끌어올릴 수 있는 게 필요하다. 헬스클럽에 가서 근력운동을 해야 할까? 그동안 여러 번 시도했지만 지겨워서 지속하지 못했었다. 3일은 등산, 3일은 헬스, 이런 식으로 변화를 주어야 할 듯.

유방암 환자로서 관리를 위해 특별히 한 것은 없었다. 몸에 좋은 건강식품이나 보약을 챙겨 먹지도 않았다. 건강을 위한 비법이 무엇인지는 잘 모르겠다. 가끔 좋아하는 여행을 다니고, 때때로 여행 강의를 진행하고, 기회가 되면 여행책을 쓰고, 매일 운동을 조금씩 한다. 그냥 내 삶을 사는 것. 유방암 경험자라는 사실에 매몰되진 않되, 잊지도 않는 것.

암 환자가 되어 치료를 받으며 가장 싫었던 게 바로 일상이 무너지는 것이었다. 행복이란 하루하루 평범하지만 특별한 내 일상을 내 뜻대로 꾸리는 것이 아닐까. 언제라도 재발의 가능성을 안고 있는 유방암 경험자로 사는 동안 완전히 맘을 놓을 수 있는 날이 있을까? 불확실하고 불완전한 게 인생이므로 그 또한 받아들여야 하겠지.

유행하는 단어로 말하자면,
아무튼, 어쨌든,
또 1년을 무사히 살아보겠습니다.

2018. 1. 7

나쁜 남자, 불면증

스토커

각별히 '불면증'에 대하여 언급하지 않을 수가 없다. 길고도 긴 이야기가 될 것이다. 유방암이 남긴 후유증, 끈질기게 나를 괴롭히는 것. 수술을 받고 치료를 하면서 그놈이 달라붙었다. 항암제와 항호르몬제가 나에게 불면증을 불러왔다.

일반적인 수면제는 효과가 없었다. 나는 정신건강의학과에서 따로 약을 처방받았다. 6년간 약에 의지해 잠을 잤다. 이후 항호르몬제를 끊었지만, 그놈은 사라지지 않았다.

내 불면증의 특징은 처음부터 잠이 들지 않는 것. 새벽 두세 시가 넘어 또는 아침까지 깨어 있다. 어쩌다 드물게 운이 좋으면 서너 시간을 잤다.

약을 몇 년이나 먹으면서 나는 불안해졌다. 그럴 때마다 의사는 내성이 없고 안전한 약이라고 말했다. 10년을 넘게 먹어도 부작용이 없다고 안심하라고 했다. 의사는 불면증의 원인이나 해결책에는 아무런 관심이 없었다. 약을 처방해 주는 것이 전부였다.

그럼 평생 약을 먹고 자란 말인가? 그럴 수는 없었다. 4년이 지났을 즈음부터 약에서 벗어나야겠다고 결심했다. 2년에 걸친 노력이 시작되었다.

약이 처음에는 대여섯 알이었는데 그걸 하나씩 뺐다. 한 알을 4분의 1 심지어 6분의 1씩 쪼개어 먹었다. 몸이 서서히 적응하게 하는 방법이었다. 다행히 종전과 같은 수면의 양을 유지하면서 약을 줄여나갔다.

마지막 한 알이 남았을 때는 '고지가 눈앞이구나!', 감개무량했다. 하지만 그때가 고비였다. 마이신처럼 캡슐이라 쪼갤 수가 없었던 것이었다. 할 수 없이 통째로 뺐다.

첫 1주일은 예상대로 제대로 잘 수가 없었다. 약에 적응한 몸은 그 한 알을 달라고 떼를 썼다. 고작 서너 시간을 잤다. 그것도 비몽사몽 온통 꿈만 꾸면서 잔 것 같지 않은 잠으로. 한창 치료 중에 한 시간도 못 잤던 것에 비하면 양호한 편이었다.

2주일째부터 차차 자는 시간이 늘었다. 대여섯 시간, 다음엔 일곱 시간. 이제 정상에 가깝게 잠을 잔다. 하지만 몸은 까다롭기 짝이 없다. 조금 덥거나 조금 춥거나 조금 시끄러워도 자꾸 깬다. 한 번 깨면 다시 잠들기 어렵다. 그래도 기특했다. 그예 약 없이 자는 데에 성공했다. 이제야말로 아무런 약 없이 살 수 있게 되었다!

몇 주 후.

화구 통을 메고 교실로 들어섰을 때만 해도 오늘이 민화 수업 날이라고 철석같이 믿고 있었다. 그런데 뭔가 이상했다. 낯선 남자 한 분이 나를 보고 "어서 오세요." 인사를 했다. 어라, 민화 반에는 남자라곤 없는데. 순간 깨달았다. 여긴 민화 반이 아니구나. 이어서 스치는 생각. 오늘 목요일이 아니구나. 어처구니없이 수요일이 목요일인 줄 알고 문화센터로 갔던 것이었다. 나 왜 이러지? 잠을 통 자지 못해서 정신을 놓았나 보다.

뒤통수를 치듯 그놈, 불면증이 다시 찾아왔다. 고래 심줄처럼 끈질긴 놈. 스토커 같은 놈. 따져 보니 약 없이 정상적으로 잔 기간은 3주였다. 세상에, 기껏 3주라니!

지난주 내내 하루에 서너 시간밖에 자지 못했고 급기야 그저께는 단 십 분도 눈을 붙이지 못했다. 말 그대로 꼬박 밤을 새웠다. 전형적인 불면증이었다. 지겹고도 익숙한 느낌. 졸리지만 절대 의식이 잠들지 못하는 것.

'진짜 갱년기'가 찾아온 후로 불면의 밤을 보내고 있었다. 진짜 갱년기가 되었으니 겪을 건 몽땅 겪어라, 이거냐? 화가 치밀었다. 강제 갱년기 동안 계속된 불면증은 약으로 버티었다. 그때는 수면제, 운동, 멜라토닌 복용 등등 무엇을 해도 소용이 없었다. 오직 정신건강의학과 처방약만 들었기에 그걸 먹을 수밖에 없었다. 지금 또다시 약 먹는 생활로 돌아가고 싶지는 않다. 그걸 어떻게 끊었는데!

2017. 10. 25

불면증을 달래는 법

잠 못 자는 긴 밤에 나는 궁리했다. 어찌할 것이냐. 불면증의 무서움은 단순히 피곤한 데에만 있지 않다. 물론 몸은 말도 못 하게 힘들다. 눈에 모래를 한 움큼 뿌린 듯 뻑뻑하고 눈두덩은 화난 듯 부어 있다. 이유는 모르겠지만 입안도 경직되고 뭉근한 통증이 느껴진다. 머리를 누르는 듯한 두통도 생긴다. 종일 정신이 멍하다. 글 따위를 쓰고자 하는 욕구는 저 멀리 날아간다. 짜증이 솟고 만사가 귀찮아진다.

그러나 치명적인 현상은 자존감이 곤두박질친다. 아무리 해도 안 된다는 생각이 들면 자괴감이 쓰나미처럼 몰려온다. 육체적인 고통에 더해서 정신적인 고통이 추가된다. 그리고 후자가 더욱 강력하다.

그 메커니즘은 다음과 같다. 밤 11시쯤 되면 슬슬 잠이 오고 피곤하다. 침대에 눕는다. 1시간, 2시간, 3시간이 지나도 잠이 들지 않는다. 자려고 애를 쓸수록 잠은 오지 않는다. '자야지, 자야 해.' 되뇔수록 자꾸 여러 가지 생각이 떠오르고 어느덧 잠들지 않는 의식은 잡념으로 가득 찬다. 잠이 안 드니 생각을 하게 되고 생각을 하니 또 잠이 안 든다.

이윽고 아침이 된다. 이렇게 불면증에 발목을 잡히는구나. 내가 어떻게 해 볼 도리가 없구나. 절망감에 빠진다. 피곤함보다 절망감이 나를 괴롭힌다. 그 결과, 다음날 나는 아무 일도 하지 못하고 멍하니 소파에 앉아서 하루를 보내게 된다.

나는 결론을 내렸다. 육체적인 고통은 어쩔 수 없지만, 정신적인 고통에는 빠지지 말자고. 일단 불면에서 벗어날 여러 가지 노력을 하되, 소용이 없다면 그냥 받아들이자. 불면과 싸우지 말고 그냥 친구가 되자. 달갑지도 않고 전혀 함께하고 싶지 않은 녀석이지만 어쩔 수 없이 데려가야 할.

잠이 오길 기도하며 누워있지 말고 그 시간에 다른 일을 하기로 했다. 할 일이야 지천이다. 책을 읽을 수도 있고 팟캐스트로 강의를 들을 수도 있다. 일기를 쓸 수도 있다. 그렇게 새벽 2, 3시까지 시간을 보내다 다시 잠을 청해본다. 운이 좋으면 조금이라도 잘 수 있겠지. 전혀 못 잔다면 어쩔 수 없다. 그렇게 며칠 버티면 그중 하루 정도는 잠을 자겠지.

어제가 그랬다. 지난주엔 평균 세 시간 정도를 잤는데 그저께는 정말 한숨도 못 잤다. 전 같으면 아침부터 침울해서 아무것도에 집중을 못 하고 어영부영 시간을 보냈을 것이다. 오늘 밤에 또 못 자면 어쩌지? 미리 걱정하면서.

하지만 어제는 과감하게 등산을 했다. 평소보다 멀리 매봉까지 다녀왔다. 힘들게 운동을 해서 몸을 피곤하게 만드는 게 목적이었다. 예상한 대로 등산 후 너무나 고단해서 점심을 먹고 침대에 쓰러졌다. 낮잠을 자지는 못했지만(낮잠을 잘 수 있으면 불면증이라 부르지 않는다) 누워서 쉬었다.

그 뒤에 반찬을 만들어 저녁을 먹고 책을 읽었다. 8시쯤 되니 극도의 피곤이 몰려왔다. 졸렸다. 이때다 싶어 멜라토닌 두 알을 삼키고 침대에 누웠다. 또 못 잘까 봐 불안했지만, '아니야 오늘은 조금이라도 자겠지.' 스스로 안심시켰다.

비몽사몽 두어 시간을 잤다. 꿈에서 화장실에 가고 싶었는데 실제로 오줌이 마려웠다. 화장실을 다녀온 뒤 다시 잠이 들었다. 4시 반까지 여러 번 깼지만 자는 데 성공했다. 수면의 질은 형편없었어도 어쨌거나 잤고, 자괴감에 빠지지도 않았다. 후자가 중요했다. 자신을 미워하지 않았으니까.

페이스북에서 누군가 글을 적었다. 자신의 어머니가 하신 말씀이었다. '병을 고치려면 무엇 때문에 나았는지 모를 정도로 수많은 방법을 써봐야 한다.' 격하게 동의한다. 무엇 때문에 나았는지는 중요하지 않다. 낫기만 한다면야!

사람마다 체질도 환경도 성격도 다르다. 누군가에게 맞는 방법이 나에게는 안 맞을 수 있고 어쩌면 그 반대일 수도 있다. 수많은 방법 중 나에게 먹힐 방법을 찾아 시도하기. 끝내 불면증에서 벗어나지 못하더라도 마음만은 평화롭게 유지하기. 유방암처럼 불면증도 달래 가며 데리고 살아야 하니까.

2017. 11. 15

도루묵, 다시 원점

슬프다. 불면증약을 계속 먹고 있다. 두 번째 책 『중년에 떠나는 첫 번째 배낭여행』을 출간하고 〈강소율여행연구소〉 사무실을 마련했다. 또한, 출간기념회를 치르면서 신경이 곤두서는 일들이 줄줄이 사탕처럼 이어졌다. 잠이 완전히 달아나버렸다. 아무리 해도 잘 수가 없었다. 일주일쯤 버텼나? 도리없이 병원을 찾아갔다. 하루가 급해서 약을 받아왔다.

이제 3개월이 되었다. 병원에 내 발로 가기까지 엄청나게 망설였다. 어떻게 끊은 약인데! 약 한 알을 6등분으로 줄여 가며 2년 동안 노력했다. 모든 고생이 물거품이라니. 속이 쓰렸다. 이리될 수밖에 없었나? 한 번 암 환자이면 영원히 암 환자인 건가? 영영 전으로 돌아갈 수는 없나? 별별 생각이 들었다.

그러나 벌여 놓은 일들은 밀려오는데 매일 잠을 못 자니 견딜 수가 없었다. 약을 먹든 뭘 하든 우선 잠부터 자고 봐야 했다. 일상이 가능하지 않은데 어떻게 글을 쓰고 강의를 할까. 약을 먹기 전까지는 더없이 착잡했지만, 오히려 지금은 편해졌다. 어쩔 수 없다면 받아들이자.

나는 생각을 바꾸었다. 약을 먹고서라도 잘 수 있어 다행이다. 약을 먹는데도 못 자는 사태가 발생한다면 진짜 큰일이었다. 약 덕분에 잠을 되찾았지만 최소한의 수면 시간이 길어졌다. 몸이 잠에 대해서만큼은 욕심꾸러기로 돌변했다. 나는 약과 함께 꼼짝없이 8, 9시간을 자게 되었다.

언제까지 이 약을 먹어야 할까, 라는 조바심도 내려놓았다. 먹을 수 있을 때까지 먹는 거고 나중 일은 그때 가서 또 생각하는 거고. 그저 잠만 잘 자게 해주면 장땡이다. 유방암 2기 환자로 시작해 만 6년을 무사히 통과했다. 죽을 수도 있었는데 여행 다니고 강의하며, 하고 싶은 일을 하고 산다. 이 정도 불편이야 감수해야겠지.

운동을 부지런히 하는데도 체력이 눈에 띄게 늘진 않았다. 몸은 아직
도 연약하기만 하다. 수술 이전으로 돌아갈 수 없음을 완전히 받아들였
다. 현상 유지만 잘해도 선방이다. 악화하지만 않게 관리하자. 그것도
나쁘진 않다.

2018. 6. 21

암 환자에게 해서는 안 되는 말

이 주제에 대한 이야기를 꼭 하고 싶었다.

유방암 경험 만 7년이 지나는 동안 때때로 사람들에게 불편한 말을 듣기 때문이다. 암 환자라고 해도 서로 상황이 제각각이고 마음 자세도 다르다. 내가 드는 예가 모든 환자에게 해당하지 않을 수 있다. 누구는 대수롭지 않게 넘기지만 누군가에게는 심각한 상처가 되기도 한다는 뜻이다. 일반적으로 다음과 같은 말에 대해서 대부분의 암 환자는 불쾌함, 분노, 외로움을 느낀다.

중앙암등록본부에 의하면 우리가 기대수명까지 살아간다고 할 때 남자 5명 중 2명, 여자 3명 중 1명이 암에 걸린다. 즉 누구라도 암 환자가 될 수 있다. 또한, 국내 암 환자의 5년 생존율이 70%를 넘었다고 한다.

살아가면서 암 환자 한두 명쯤은 쉽게 만날 수 있는 세상이다. 그들과 함께 살아가야 하는 시대, 적절한 대화법에 대해 생각해 보자고요.

내가 겪는 상황이 아니기에 몰라서 하는 실수가 대부분이지만, 꼭 똥인지 된장인지 찍어 먹어봐야 아는 건 아니겠지. 똥과 된장을 반드시 맛을 봐야만 알겠다면 그저 어리석다고 할밖에. 상식이라 생각하고 읽어보신다면 좋겠다.

"착한 암(갑상선암, 유방암)이라서, 초기(0기 또는 1기)라서, 다행이다."

세상에 착한 암, 쉬운 암은 없다. 그쯤은 별거 아니라는 뜻으로 들린다. 굉장히 실례가 되고 상처를 주는 말이다. 착하다고 쉽다고 하는 암으로도 죽거나 고통받는 환자가 부지기수다. 유방암의 경우, 0기나 1기임에도 전절제 수술을 하는 예가 많고 죽는 사람들이 있다. 입장을 바꿔 당신이 만약 암 환자라면 절대 그런 말을 하지 않을 터. 남의 사정이라고 쉽게 말하지 마시라.

"나도 요즘 허리도 아프고 여기저기 쑤시고, 성한 데가 없어!"

암 환자 앞에서 자기 아픈 거 하소연하기 있기 없기? 이들은 "너만 아픈 건 아니야, 나도 아파!"라고 말하고 싶은 게다. 아무리 내 손가락의 가시가 남의 다리 부러진 것보다 중하다지만 이건 아니지. 삶과 죽음의 경계선에 위태롭게 서 있는 사람 앞에서 할 소리인가? 그럼 당신의 통증이랑 내 암이랑 바꾸시려오?

"건강한 사람 몸에도 암세포가 있다더라. 누구나 암세포를 가지고 있는데 발병하지 않았을 뿐이래."

그래서, 건강한 사람 몸에 잠재하는 암세포랑 이미 발병해서 생명을 위협하는 암세포가 같단 말인가? 따지고 보면 나도 잠재적인 암 환자이니 너 혼자만 괴로워할 것 없다는 말을 하고 싶은 거겠지만, 절대 그것과 이것이 같지 않다, 전혀 다르다. 위로한다고 하는 말이나 듣는 암 환자는 속이 터진다. 그게 같으면 왜 사람들이 암을 두려워할까? 이미 발병했으니 문제가 되는 것이다. 그런 말은 1도 위로되지 않는다는 사실을 알았으면 좋겠다.

"음식, 술, 담배, 스트레스, 기타 등등 때문에 발병했을 거야."

암의 원인은 여러 가지이고 의사조차 정확한 원인을 모르는 경우가 대부분이다. 평생 담배를 피웠어도 폐암에 걸리지 않고 건강하게 사는 사람이 있고 평생 운동하고 건강식을 먹었어도 암 환자가 될 수 있다. 무엇 때문에 암에 걸렸다고 밝히는 게 그만큼 어렵다. 설령 원인이 짐작되어도 환자 앞에서 그런 말을 하는 것은 비난하는 투로 들릴 수 있다. 당신의 병은 당신이 자초한 거야, 라는 식으로. 환자 스스로가 원인을 인정하면 몰라도, 타인이 그런 추측을 하는 건 쓸데없는 오지랖일 뿐.

"하나님을 안 믿어서 무서운 병에 걸린 거야. 이제부터 꼭 교회에 다녀야 한다!"

나야말로 '오 마이 갓!'을 외치고 싶다. 대놓고 무례하게 말하는 사람도 있고 간접적으로 말하는 사람도 있다. 기독교 신자가 아니라면 웬 헛소리인가 싶지만, 일부 기독교인들은 태연하게 저런 말을 한다. 심지어 한창 항암 중일 때, 버스에서 일면식도 없는 여자에게 같은 말을 들었다. 그럼 암 환자 중에 기독교인은 한 명도 없나요? 목사님들은 단 한 명도 암에 안 걸리나요? 지금이 중세시대도 아니고 자신의 무식을 자랑하지 맙시다. 안 그래도 힘든 환자에게 말도 안 되는 언어폭력은 하지 맙시다, 제발!

"내 지인 누구가 유방암으로 죽었어."
설마 환자에게 이런 말을 하는 사람이 있겠나 의심하시겠지만, 실제로 있다. 자기 주변에 있는 암 환자들 이야기를 떠벌린다. 특히 죽은 사람에 대해서도 거리낌 없이 떠든다. 별생각 없이 하는 말이라도 듣는 사람은 기가 막힌다. 환자가 다른 환자들에 대해 알고 싶어 한다면 모를까, 먼저 이야기를 꺼내지 않는 것이 예의다.

"이제 다 나은 거야? 5년이 지났으니 완치되었겠네?"
이 말도 지겹도록 들었다. 들을 때마다 뭐라 답해야 할지 참으로 난감하네, 난감하네. 완치라고? 그랬으면 좋겠다. 하지만 나도 모른다. 의사도 모른다. 특히 유방암은 5년 생존율이 높지만, 재발률과 전이율도 높다. 5년 생존율을 완치율이라고 잘못 알고들 있다. 말 그대로 5년 동안 살아있었다는 뜻에 불과하다. 5년이 지났어도 여전히 몸 상태는 이전으로 돌아가지 않는다. 체력이 회복되지 않아 일상이 힘든 건 마찬가지다. 또한, 젊은 나이에 암에 걸린 사람들에게 5년 생존율은 별다른 의미가 없다.
예를 들어, 나이 서른에 암에 걸려 치료를 받았는데 5년이 지났다. 그런데 6년째에 재발하거나 전이되어 죽을 수도 있는 것이다. 한편 나이

칠십에 암에 걸려 4년 후에 죽은 사람이 있다고 치자. 둘 중 누가 운이 좋았다고 할까? 한 젊은이는 5년 생존율을 넘겼지만 그래 봐야 36세까지가 그의 인생이었고 또 다른 노인은 5년 생존율을 못 넘겼어도 74세까지 살았다. 즉 5년 생존율은 그냥 5년을 생존했다는 의미일 뿐이다. 그것이 나머지 인생을 구십까지 건강하게 살 수 있다는 보증수표는 아니다.

"유방암에는 이런저런 요법이 좋다더라."

불확실한 민간요법이나 대체요법을 권하는 건 매우 신중해야 한다. 물론 누군가에게 어떤 대체요법이 결정적인 도움이 되었다더라, 하는 말도 심심찮게 들려온다. 하지만 그게 모두에게 통할지는 미지수. 나는 대체요법이라고 해서 거짓이라 생각하지 않는다. 분명 효과적인 요법도 있을 테지만, 반대로 지푸라기라도 잡고 싶은 환자의 심리를 이용한 민간요법 사기도 횡행하고 있다.

또한, 쉽게 민간요법을 권하는 사람 치고 병에 대해서 잘 아는 사람은 드물다. 기본적으로 암 환자는 자기 병에 대한 지식수준이 높다. 환자가 무엇을 하고 무엇을 먹어야 하는지 본인이 공부하게 되어있다. 잘 알지도 못하면서 이런저런 소문을 물어다 주지 않아도 된다. 무엇이 필요한지 물어본 뒤에 도와주는 건 찬성.

"앞으로 예후는 괜찮을 거라니?"

항암이나 방사선 등 한창 치료 중일 때 흔히 듣는 소리다. 그건 누구보다 환자 본인이 가장 궁금하다. 그러나 알 수 없다. 의사도 예후를 장담하지 못한다. 당신이 물어본들 누가 알겠나. 예후를 자꾸만 물어보는 심리의 기저에는 본인의 불안감이 깔려 있다. 사람들은 암 환자를 보면 나에게도 저런 불행이 옮겨오지 않을까, 하는 불안과 두려움이 작동한다. 자신의 마음이 편해지기 위해 (사실과 상관없이) 환자가 괜찮을 거라는 말을 듣고 싶어 한다.

"아우, 암 걸릴 것 같아!"

요즘 젊은 층에서 쓰는 말이다. 고구마를 열 개쯤 먹은 것 같은 상황에서 내뱉는다. 인터넷상에서도 흔히 보인다. 암에 걸린다는 말은 그렇게 함부로 하는 게 아니다. 나는 절대 암 따위에 걸리지 않을 거라는 자만이 오히려 저런 말을 아무렇게나 뱉을 수 있게 한다. 조금의 가능성이라도 있는 사람이라면 겁이 나서라도 쉽게 말하지 못한다. 당신이 주위에 있는 암 환자나 가족들 앞에서 저런 말을 한다면 의도치 않게 상처를 준다는 걸 기억하시길.

여기까지 읽은 뒤에 '그럼 도대체 암 환자에게는 어떤 이야기를 해야 하는 거야? 암 환자인 게 무슨 벼슬이야? 도대체 언제까지 배려해 줘야 하는데?' 짜증을 낼지도 모르겠다.

맞다, 암 환자를 대하는 게 쉬운 일은 아니다. 그들은 매우 예민해 있고 사소한 말에도 상처 입을 수 있다. 인생에서 맞닥뜨릴 수 있는 거대한 위기에 처해 있기 때문이다. 당연히 보통 사람들과 같은 심리 상태일 수가 없다. 우울증이 함께 오는 경우가 허다하다.

만약 당신이 그들에게 애정이 있다면 세심하게 살펴야 한다. 사랑하는 사람이 암 환자라면 아무 말이나 거침없이 내뱉을 수 있을까? 환자에게 애정도 관심도 없기에 말실수가 튀어나오는 것이다. 예의상 걱정하는 척해봐야 금세 들통난다. 외려 상처 주기 십상이다. 그렇다면 차라리 아무 말도 안 하는 편이 낫겠다. 그냥 따뜻하게 안아주면 좋겠다.

어떤 말을 해야 할지 말아야 할지 모르겠다면 그것을 판별할 수 있는 정확한 방법이 있다. 자, 눈을 감고, 상상해 보시라.

나는 지금 암 수술을 받고 항암치료 중이다. 머리카락은 다 빠져 박박 밀었고 구토가 올라와 아무것도 먹을 수가 없다. 온몸의 관절이 아파서 걷기도 힘들다. 밤에는 불면증이 심해서 한두 시간 겨우 잠을 이룬다. 얼굴과 손발이 퉁퉁 부어 거울을 보면 내 모습이 도저히 나 같지 않다. 아, 앞으로의 인생이 어찌 될지 모르겠다.

이 상황에서 글을 다시 읽어 본다면 금방 답이 나올 터. 도무지 상상이 안 된다면 이해가 안 될 확률이 높다. 그래서 이 방법은 쉬우면서 어렵다.

또한, 환자를 돌보는 가족도 환자만큼 힘들다. 무조건 환자 입장만 배려해달라기엔 솔직히 조심스럽다. 암 환자를 돌보다가 간병 하는 가족이 암 환자가 된다는 이야기가 있을 정도니까. 반대로 가족들이 조금도 환자를 돌보지 않아 환자가 외로움에 시달리는 사례도 적지 않다.

여하튼 한 번쯤은 위의 말들에 대해 짚어 보시길 권한다. 중요한 걸 하나 빼먹을 뻔했네. 위에 있는 말을 해도 괜찮은 부류가 있다. 누구냐고? 바로 같은 암 환자일 경우.

동병상련. 이심전심.

환자끼리는 솔직한 대화가 위로를 주기도 한다('하나님을 안 믿어서'
와 '암 걸릴 것 같아' 등 몇 가지는 제외하고). 나머지는 조심해 주세요.

2018. 6. 22

깨달음에도
유효기간이 있다

〈죽음을 마주하고서야 깨닫는 것들〉이라는 제목의 글을 읽었다.

'여행 도중 두 번의 죽음을 경험했다.'라는 문장으로 시작한다. 실은 죽음에 가까웠던 경험이었다. 그녀(글쓴이)가 방콕에 도착하자마자 진도 6. 1의 지진이 발생했다. 호텔 방 안의 물건들이 미친 듯이 흔들렸다. 여진이 멈추기 전까지 여기서 죽는구나 싶었다. 또 한 번은 끄라비 섬에서 투어를 마치고 돌아오는 길에 폭풍을 만났다. 작은 보트는 40분간 격렬한 비바람을 뚫고 겨우 정박했다. 이후 죽음이라는 필터를 통해 인생을 돌아봤고 복잡하던 인생사가 단순 명료해졌다는 고백이었다.

문득 떠올렸다. 지난주에 내가 8년 차 유방암 정기검진을 무사히 통과했다는 사실을. 겨우 5일밖에 지나지 않았는데 나는 그걸 잊고 지냈다. 병원에서 의사를 마주하기 전 떨리던 심정이 불과 며칠 만에 이렇게 맨들맨들해질 수가! 전처럼 블로그에 대문짝만하게 '8년 무사통과!'라는 글을 올리지도 않았다.

글을 쓴 그녀가 '죽음을 옆구리에 차고 다니며' 인생을 재구성하는 동안 나는 시간이라는 바늘구멍으로 엄정했던 깨달음을 다 잊은 것 같았다.

세월이 지난 것이다. 8년이라는 세월이 흘러 간절했던 마음이 무디어졌다. 아무리 절박했던 경험일지라도 영원한 건 없었다. 내심 유방암 환자였다는 걸 그만 잊고 싶었는지도. 그만큼 해이해졌다는 신호이기도 했다.

검사 결과를 들여다보며 이상 없다고 말하는 의사에게 언제까지 정밀 검사를 받아야 하냐고 물었다. 유방 촬영과 유방 초음파는 죽을 때까지 받는 걸 권하고 나머지 검사들은 보통 10년 정도 받는다고 했다. 복잡한 종합검사는 최소 2년이 남았구나.

유방암 치료 후 10년이면 이제 안심해도 되는 건가. 완벽한 보장이란 없다는 걸 잘 안다. 12년이나 15년이 지난 후에도 재발하는 경우가 있으니까. 물론 적은 확률이지만 그게 누군가에게 닥친다면 백 퍼센트가 되는 것이다.

그런데도 마치 유방암 환자가 아니었던 것처럼 잠깐 사이에 검사 결과조차 잊어버렸다. 단지 검사 결과를 듣는 순간에만 잠깐 긴장했다가 말았다. 나는 천년만년 살 것처럼 온갖 계획을 세우고 내 뜻대로 흘러가지 않는 일들에 안달복달했다. 나 같은 사람에게 일 년에 한 번 정기검사란 다시 한번 생을 돌아볼 기회였다.

어떠한 결정적인 경험에도 유효기간이 존재하는 것이었다. 유효기간의 막바지에 도달한 것이리라. 때가 되면 신용카드의 유효기간을 연장하듯 죽음의 영역에 한 발을 들여놓음으로써 얻었던 깨달음에도 유효기간을 연장해야 한다.

방법은 '만약'이라고 가정해보는 것. '만약' 재발이나 전이라는 결과가 나왔다면? 나는 또 얼마나 절망하고 무너졌을 것인가. 모든 일상을 재정비하고 다시 험난한 치료에 돌입하기 위해 얼마나 마음을 다잡아야 했을까.

'만약' 죽음이 가까이 왔다면? 지금 나에게 가장 중요한 것은 무엇일까. 내가 당장 하고 싶은 일은 무엇일까, 아니 당장 하지 않으면 후회할 일은 무엇일까. 고요히 침묵하며 내 마음속을 깊이 들여다보아야겠다.

2020. 2. 16

4장

코로나 시대를
통과하는 법

무겁고도 무서운
일상

집에만 콕 박혀 있다.

벌써 2주일이 넘었다. 연구소의 모든 강의를 진행하지 못했다. 외부 강연 요청 역시 있을 리 없었다. 강제 휴가를 받았다. 세 번째 책인 〈베트남 소도시 여행〉의 출간까지 미뤄지고 있었다. 과연 셋째를 무사히 출산할 수 있을까? 3월이 되었지만 같은 상황일 것으로 예상한다. 듣도 보도 못한 '코로나'라는 전염병이 상륙했다.

소소한 일상마저 하나둘 어긋나기 시작했다. 동네 문화센터에서 하는 바리스타 기초 과정을 신청했는데 수업을 세 번 하고 휴관 중. 동네 헬스장에서 PT를 받고 있었는데 두 번 하고는 역시 휴관 중. 모든 것이 멈춰진 상태였다.

그야말로 집에서 '혼자와 잘 지내는 기술'이 필요한 시점이다. 나는 그저께부터 대공원에 산책하러 나간다. 어느덧 3월, 날씨가 제법 따스해졌다. 탁 트인 야외에서 걸으면 속이 좀 풀릴까. 가능하면 외출을 자제하자는 분위기라 이것도 눈치가 보였다. 하지만 집에만 머물러 답답했고 겨울에 통 운동을 하지 못해 몸이 찌뿌듯했다.

걷는 사람들은 많지 않았다. 대부분 마스크를 쓴 상태였다. 이놈의 마스크를 쓰고 한 시간을 걸었더니 어찌나 숨쉬기가 불편하던지. 미세먼지도 없이 맑은 날 이게 뭔 짓이여! 마스크 안은 습기로 가득 찼다. 숨도 제대로 못 쉬면서 운동을 하는 날이 올 줄은 몰랐네. 그래도 한 바퀴 걸었더니 몸도 기분도 가뿐했다.

3월 또한 '임시 중단' 생활을 해야 한다면 마음을 단단히 먹어야 하겠다. 지금까지는 곧 끝나겠지, 기다리는 심정이었다. 그러나 3월 내내 같은 상태일 거라면 이미 임시가 아니라 일상이 되는 것이다. 답답하더라도 마스크 쓰고 매일 대공원을 걷고, 사다 놓은 책을 읽으며 기록하고, 맛있게 먹고, 즐겁게 웃고. 그것이다, 혼자와 잘 지내는 연습.

무엇이 오기를 기다리는 중간에 비는 시간이 아니라 그것 자체만으로도 충분한 시간. 순간순간이 그러해야 한다. 세상에 쓸데없는 일은 없다 하니 생에서 쓸모없는 시간 또한 없을 테지.

내게 지금 가장 무겁고 무서운 말은 '일상'이다. 별거 없는 하루하루, 그 시간을 잘 살아내는 일이 가장 어려운 도전인 것이다. 몇 달간의 여행이라면 차라리 쉽다. 특별함으로 가득한 하루하루일 것이므로. 우유의 유통기한처럼 언제까지 안전한지를 알 수 있으므로.

일상은 끝을 알 수 없는 오리무중이다. 잘 살아도 못 살아도 그럭저럭 흘러가는, 그래서 놓치기 쉬운. 아차, 하는 사이에 정신을 놓았다가 뒤돌아보면 까마득히 가버린. 언뜻 한없이 가벼워 보이지만 실상 무겁기 짝이 없는 놈. 그래서 참으로 무서운 놈. 민감하게 그러나 유연하게 정면으로 맞붙어야 한다. 놈을 다룰 줄 알아야 사는 게 만만해질 터.

그런 의미에서 오늘도 굿 데이!

2020. 3. 3

나는
흔들린다

나이가 들어도 흔들린다.

되레 나이 들수록 흔들린다. 마흔에 불혹이라니, 공자님이나 가능하겠지. 오십이 넘었어도 감정이란, 젖은 낙엽처럼 뒹굴다 땅바닥에 달라붙거나, 때로는 바람에 떨어지는 꽃잎처럼 가볍게 부서진다. 어찌나 잔망스러운지 기껏 날씨 하나에 가라앉기도 치솟기도 한다.

파란색은 어디 가고 회색빛이 하늘을 뒤덮었다. 늦가을도 아닌데 공기는 습하고 은근한 찬바람이 턱 밑을 파고들었다. 어깨가 움츠러들었다. 걷기 싫었다. 밖에 나가기 싫었다. 종일 핸드폰 화면만 쳐다보았다. 흥미성 기사들. 그 밑으로 이어지는 비슷한 기사들. 텅 빈 눈으로 누르고 또 눌렀다. 가벼운 방식으로 시간을 흘려보냈다.

나는 삽을 들었다. 나이 오십에 내가 뭘 할 수 있겠어. 20여 년을 전업주부로 살았다. 사회생활도 별반 안 해봤고 세상을 모른다. 삽질 한 번, 나는 땅속으로 한발 들어섰다.

어쩌다 여행을 하게 되었다. 운이 좋아 어쩌다 또 여행책을 두 권 썼다. 그러나 그뿐이었다. 베스트셀러가 된 것도 아니고 이름이 알려진 것도 아니었다. 삽질 두 번, 나는 땅속으로 더 깊이 들어갔다.

간 크게 사무실을 마련했지만 2년이 지나도록 눈에 띄는 진전이 없었다. 매달 운영비나 적자가 나지 않으면 다행이었다. 삽질 세 번, 이젠 무릎까지 진흙탕 속에 움푹 빠졌다.

더구나 올해 상반기는 완벽하게 적자였다. 하반기는 괜찮을까. 그걸 만회할 수 있을까. 삽질이 이어졌다. 이제 허리까지 파묻혔다.

단지 돈만의 문제가 아니었다. 코로나 시국에 세 번째 책이 나올 수 있을까. 이러다 여행작가라는 타이틀을 유지할 수는 있는 걸까. 뭘 제대로 할 수 있는 능력이 나에게 있기나 한 걸까. 정신을 차려보니 나는 땅속에서 목만 내놓고 있었다.

며칠 뒤, 등 뒤로 격려하듯 햇빛이 두드리는 날이었다. 이럴 땐 무조건 뛰쳐나가야 한다. 눈부시게 정면에서 들이치는 햇빛보다 반가웠다. 등짝이 따시면 고봉밥을 먹은 머슴처럼 든든함이 차오르니까.

김밥과 커피를 들고서 서울대공원 잔디밭에 앉았다. 마른 풀밭은 부드러운 노란색이었다. 푹신했다. 축축하게 젖었던 마음도 그렇게 바싹 말랐으면. 김밥 하나에 커피 한 모금을 마시며 아마 조금씩 보송해졌던 것 같다. 대공원 벚꽃은 망울져 있었다. 그들의 위대한 시절은 아직 오지 않았다.

오늘은 거리를 걸었다. 나는 굴다리 시장으로 향했다. 동네에서 가장 일찍 피는 벚나무들이 서 있는 곳이다. 상추며 쪽파를 쌓아 놓은 노점들 위로 오래된 벚나무 가지가 늘어졌다. 참을 수 없다는 듯 한껏 터진 꽃무리 사이로 꽃비가 흩날렸다. 최고일 때 무대에서 내려오는 여배우처럼 벚꽃은 피어날 때와 질 때를 절묘하게 알았다. 꽃잎 하나가 손바닥을 스치며 떨어졌다. 나는 길 한가운데 서서 고개를 꺾어 하늘을 가로지른 꽃가지와 춤추는 꽃잎들을 한참이나 바라보았다.

이상했다, 마음이 살랑살랑 흔들렸다. 희망이 차올랐다. 뭐든 어떻게든 될 것 같았다. 사월이다. 봄이다. 덮어놓은 책도 읽고 밀린 글도 쓰고 기쁘게 걷고, 그럼 되겠지. 막연한 긍정. 잔잔한 일상을 하나하나 해나가면 되겠지. 여태 살아왔듯이. 검증된 긍정. 대단한 게 없어도 성실하게 나를 믿으면서, 나를 완전히 놓지만 않으면 된다. 무엇보다 자신에 대한 긍정.

마음 한끝이 향하는 방향이란 종잡을 수 없었다. 단순하게 땅속에서 위로 단박에 끌어 올려지다니. 순간에 '덥석' 하고 말이다. 그저 햇빛이 좋았을 뿐인데. 단지 벚꽃이 피었을 뿐인데.

나는 예감이 들었다. 아마 언제나 흔들리며 살 것 같다. 나이를 아무리 먹어도 바위 같은 확고함과는 거리가 멀 것 같다. 불혹은 기대하지도 않는다. 누군가 말했다. 나침반의 바늘은 떨리며 정방향을 가리킨다고. 그렇담, 떨리면서 흔들리면서 가는 게 정상이겠네. 겁내지 말고 걸어가야지.

2020. 4. 3

만 보를 채우는 세 가지 잔기술

하루에 만 보를 걷고 있다.

3월에는 총 15일을 걸었다, 반타작이다. 4월엔 3월 기록을 깨려 한다. 걸음이 느린 내가 만 보를 걸으면 6km가 된다. 걷기는 나에게 있어 아주 오래된 취미 생활이자 운동. 부지런해서가 아니라 환경에 의한 결과였다. 걸을 수밖에 없는 소도시 충주에서 나고 자랐고 결혼 후에도 걷기 좋은 소도시 과천에서 살았다.

알다시피 과천에는 서울대공원이 자리하고 있다. 시민들은 대공원을 동네 사유지처럼 만만하게 여긴다. 아들이 아장아장 제 발로 걷기 시작할 때부터 대공원을 드나들었다. 아이가 오전에 어린이집에 가게 되자 혼자서 혹은 동네 친구와 대공원을 한 바퀴 돌곤 했다.

사람들은 아침이나 저녁에 대공원을 걷는다. 시내의 자기 집에서 출발하여 대공원에 들어가 호수를 둘러 걷고 오면 대략 한 시간이 걸린다. 가벼운 운동으로 딱 좋다. 어쩌면 운동보다 산책에 가깝지만.

다른 운동은 막상 시작해도 이런저런 이유로 몇 달을 유지하기 힘든데 걷기만큼은 부담이 없었다. 여타의 준비물이 필요 없지 않은가. 두 다리만 있으면 그만. 걷기는 끊어졌다 이어졌다 리듬을 타며 25년을 지속하고 있었다.

여행 강의를 시작한 뒤로 걷기에 소홀해졌다. 특히 2017년과 2019년은 운동에 손을 놓았다. 몇 년 새 체중의 10%가 늘었다. 올해는 좀 열심히 걸어보려 한다. 아니 필히 걸어야 한다.

나는 '하루에 만 보'라는 계획을 세웠다. 기필코 살을 빼겠다는 결심에 비해 부족한 것 같지만, 일단 이거라도 잘 해 보자는 마음이었다. 가끔은 팔천 보나 육천 보에 그치기도 했다.

어떡하든 만 보를 채우려고 궁리하다가 잔기술이 늘었다. 보통 점심 식사 후에 한 시간 정도 걷는데 못할 때가 있었다. 피치 못할 경우, 하루 정도 건너뛸 수도 있다. 하지만 괜히 내키지 않는다 등의 '단순 변심'이 이유라면, '환불 불가' 상태로 만든다. 즉 꼭 나가야만 하는 일을 일부러 만들어 내는 것이다.

좋은 예로 '도서관 대출 신청' 같은 것. 집 앞 가까운 문원도서관이 아니라 멀리 떨어진 정보과학도서관으로 간다. 요즘 코로나 여파로 도서관이 휴관 중이어서 인터넷으로 대출 신청을 하면 1층에서 책을 빌려준다. 대출자에 한해서 1층 로비만 몇 시간 개방하고 있다. 단, 이틀 안에 찾아와야 한다. 기간과 시간을 맞추어 책을 가져와야 한다는 목적이 있으므로 어쩔 수 없이 가게 된다. 내 사무실에서 왕복하면 사천 보가 나온다. 이미 절반에 가깝다. 맘이 가뿐하다.

다른 방법으로는 '실내 걷기'가 있다. 날이 춥거나 미세먼지가 지독해서 도저히 밖에 나갈 엄두가 나지 않을 때 유용하다. 사무실 안에서 유튜브의 영어강의를 들으며 왔다 갔다 하는 것이다. 크기가 네 평에 불과해서 다람쥐 쳇바퀴 돌듯 종종거린다. 이것이나마 혼자 일하기 때문에 가능하다.

아래층이 신경 쓰일 땐 조용히 제자리 걷기를 한다. 제자리걸음도 걷기일까, 이깟 게 무슨 운동이 될까, 의심스럽다. 그러나 아무것도 안 하는 것보다 백배 낫다. 무한 긍정 모드로 자신을 위로한다. 역시 식후 소화, 운동, 영어 연습까지 일석 삼조의 효과를 누릴 수 있다.

마지막 신의 한 수는 '제자리 뛰기'다. 『걷는 사람, 하정우』[6]에서는 '제뛰'라고 부른다. 밖에서 만 보를 못 채우면 집에 돌아와서라도 채워야 한다. 다행스럽게 우리 집은 1층. 조심해야 할 아래층이 없다. 마음껏 뛰고 싶지만 그러기엔 공간이 좁디좁다.

헬스장을 다닐 때도 달리기와는 인연이 없었다. 겁이 났다. 걷기에 대면 고난도의 기술이 아닌가. 러닝머신 위에서 걷다가 어쩌다 기분 좋을 때 1분만 뛰어도 대단한 날이었다. 그 이상은 못 하겠더라.

집에서 하는 제자리 뛰기는 훨씬 느리고 엉터리인 탓에 부담이 적다. 어쨌거나 만 보만 채우면 그만이다. 남편이 넷플릭스를 켜면 옆에서 같이 보면서 뛴다. 정신 사납다고 타박해도 굴하지 않는다. 혹시 그가 짜증을 내려고 하면 얼른 주방 쪽으로 도망간다. 어느새 만 보가 되면 뿌

6 걷는 사람, 하정우/하정우/문학동네/2018

듯하다.

사무실과 집에서 하는 실내 걷기는 나에게 '유레카!' 수준의 발견이었다. 나는 남달리 추위에 민감한 편이다. 날씨가 추우면 이유 불문하고 밖에 나가기가 싫다. 한겨울은 물론이고 4월 초까지의 봄추위에도 나는 움츠러든다. 특히 찬 바람 쌩쌩 부는 날은 오우 노 노.

대안으로 헬스장이 있으나 코로나 사태로 문을 열지 않는다. 하긴 겨울에 헬스장을 가려면 어쨌거나 집 밖에 나가야 하는데 헬스장까지 가는 동안의 추위가 싫어서 종종 빠지기도 했다. 사무실에서도 집에서도 걸을 수 있는 걸 그때는 몰랐다. 목마른 자가 우물 판다고, 궁하면 통하기 마련이다.

목표는 뭘 하든 만 보를 채우는 것. 오늘은 아침부터 날이 따뜻해 사무실까지 걸어왔다. 편도 2km, 3400보. 점심 먹고 나서 시내 중앙공원을 왕복하니 또 2km가 추가되어 6900보. 이따가 집에 돌아가면 딱 만 보가 되겠다.

실은 초보운전자이기에 운전 연습을 하려고 한동안 차로 출퇴근을 했다. 이젠 운전도 익숙해졌고 짐이 없는 날은 걸어 다녀야겠다. 이번 주부터 퍽 따뜻해져서 밖에서 걷기에 알맞은 계절이 돌아왔다.

만 보의 잔기술을 연마하며 깨우쳤다. 제자리 걷기도 제자리 뛰기도 엄연한 전진이라고. 겉으로는 제자리에만 있는 것처럼 보여도 실제로는 움직이는 거였다. 전례 없이 힘든 시기, 모든 강의가 중단되고, 작업이 끝난 세 번째 여행책의 출간마저 기약 없이 미뤄지고, 주변에서는 사무실을 접으라 조언하는 이때.

나는 일상을 유지하려 안간힘을 쓰고 있다. 소소하게 매일 읽고 쓰고 걸으면서. 내가 지금 하는 일이 제자리 걷기, 제자리 뛰기였다. 결국은 앞으로 나아가는 거니까 그것도 훌륭하다.

잔기술은 진(眞)짜 진(進)기술이었다.

2020. 4. 13

가르마를
바꿔라

염색할 때가 되었다.

가르마 사이로 하얀 머리카락이 빼곡했다. 2cm 정도? 귀찮지만 어차피 해야 할 것, 금천 50+ 센터로 출발하며 염색 예약을 해 놓았다.

7월 들어 네이버 밴드 라이브로 생전 처음 온라인 강의를 진행하고 있었다. 이번이 3주째, 다음 주면 끝난다. 강의하고 나면 에너지가 쭉 빠져서 조금 쉬어야 한다. 얼굴을 맞대고 하는 강의는 수강생들과 기운을 주고받으니까 훨씬 생기가 돈다. 노트북 화면을 보며 하는 온라인 강의는 나름 재미있지만, 그저 에너지를 내보내기만 하는 느낌이다. 강의 후에 점심 먹고 염색을 하면서 휴식해야지.

염색 방. 강의는 잘 마쳤고 점심도 배부르게 먹었고 머리를 맡길 시간이었다. 나는 십여 년 전부터 헤나 염색을 해왔다. 화학염색과 다르게 시간이 오래 걸린다. 쓱쓱 잘 발라지지도 않는다. 바르는데도 시간이 걸리고 바르고 나서도 최소 두 시간은 기다려야 한다. 그에 반해 몸에 해롭지 않아 불편해도 헤나를 고수한다.

헤나를 바르고 나면, 머리 전체에 랩을 씌우고 다시 수건으로 감싼 뒤 보자기를 써야 나갈 수 있다. 시골 할머니 행색이다. 나는 그게 싫어서 염색방 안에서 두 시간을 보낸다. 책을 가져가서 읽기도 하고 수다를 떨기도 하고.

오늘은 눈을 감고서 흘러나오는 라디오를 들었다. 내가 어릴 때 즐겨 듣던 디스코 음악이었다. 추억의 7080만 틀어주는 프로그램인가? 앗, 송골매가 나왔다. 나는 단발머리 중학생 시절, 한창 인기를 얻었던 송골매 멤버 중에 리더인 구창모보다 뒤에서 기타를 치던 배철수를 좋아했다. 친구들은 열이면 열, 구창모 팬이었다. 왠지 나는 배철수의 분위기가 멋있었다. 내가 사람 보는 눈은 있었던지, 지금의 그는 누구보다 매력적으로 나이든 중년이지 않은가. 이상은의 '담다디'까지 듣고 나자 드디어 머리를 감을 차례.

사장님을 좋아하는 이유 중 첫째가, 머리 감겨주는 솜씨 때문이다. 어찌나 시원하고 편안하게 하시는지. 나는 미용실에서 파마할 때도 머리 감는 시간을 제일 반긴다. 전생에 마님이었나, 남이 해주는 게 좋다. 손님이 나밖에 없으니 사장님이 머리도 말려주었다. 그런데 머리 말리는 방식이 이상했다. 자꾸 다른 방향으로 하시네?

"저는 왼쪽 가르마인데요."

"어머, 오른쪽이 나은데요! 한 번 바꿔 보세요. 가르마도 자꾸 바꿔줘야 해요. 안 그러면 한쪽으로만 머리카락이 빠지거든요. 하긴 손님들 대부분이 하던 방향만 좋아하시긴 하죠."

순간 번쩍하고 스치는 생각. '다른 걸 시도하라', '하던 틀에서 벗어나라' 단지 가르마에만 해당하는 사항이 아니었다. 요즘 내가 집중하고 있던 바로 그것인데! 난생처음 온라인 강의에 도전하는 것, 더 배우기 위해 여러 개의 강의를 신청한 것, 포스트 코로나 시대를 준비하는 것. 정신을 차리지 못할 정도로 세상은 빠르게 변해가고 있었다. 나이 탓, 능력 탓, 남 탓을 할 겨를이 없었다. 그럴 시간에 하나라도 더 시도하고 내것으로 만들어야 한다.

다음 날 아침, 나는 과감하게 가르마를 탔다, 가운데로. 생각보다 잘 어울렸다. 분위기가 확 달라졌다. 이제부터 가운데 가르마로 살아보자. 자주 벗어나고 자주 저지르는 인생으로.

2020. 7. 17

구급약

속이 더부룩했다.

또 소화가 안 되었다. 의사 말을 옮기자면 나의 위장은 '남들 열 번 움직일 동안 다섯 번 밖에 움직이질 않는다.' 사무실에는 항상 사혈기를 놓아둔다. 소화제보다 효과적이다. 비상약품 통에서 사혈기를 꺼내고 휴지도 몇 장 겹쳐 두텁게 만들어 놓았다. 준비 완료.

이제 손을 딴다. 언뜻 보면 사혈기는 고급 볼펜처럼 생겼다. 사용법도 볼펜과 비슷하다. 볼펜 심을 갈듯 앞부분을 돌려 일회용 침을 끼웠다.

왼손의 엄지손가락부터. 새삼 들여다본 내 손이 시커멨다. 땡볕 아래서 밭일을 한 것도 아닌데 어째서? 손가락은 또 얼마나 짧달막한 지. 가늘고 길고 하얀 손가락이 부러웠다. 정신 차리자, 지금 남의 손가락을 부러워할 때가 아니었다.

손톱 오른쪽 모서리의 가로 선과 세로 선이 만나는 지점에다 볼펜을 꾹 눌렀다. (친구에게 손 따는 법을 배웠음) 딸깍하고 순식간에 침이 살 갗을 찌르고 나왔다. 따끔했다. 빨간 점이 생겼다. 손가락을 감싸고 눌러주면 점차 핏방울이 커졌다. 검붉은 색이었다. 두세 번 피를 짜냈다.

다음엔 검지와 중지도 똑같이 따준다. 약지와 새끼손가락은 손톱의 바깥쪽 모서리를 땄다. 휴지는 핏자국으로 얼룩덜룩했다. 이럴 때마다 생각한다. '이 모습을 서양 사람들이 본다면 기절을 할 거야. 크크크. 아마 자해한다고 오해할지도 몰라, 스스로 피를 내고 있으니.' 나 역시 피 묻은 휴지를 보는 게 달가운 일은 아니었다. 재빨리 휴지통으로 던져 넣었다.

이윽고 속에서 '그윽!' 하는 소리가 터져 나왔다. 시원하게 트림이 나와야 제격이지. 답답하던 속이 한결 부드러워졌다. 윗배를 손으로 쓸어주고 꾹꾹 눌러보았다. 훨씬 나아졌다. 가끔은 손을 따도 피가 잘 안 나오는 경우가 있었다. 그럴 때는 어쩐지 개운하지 않았다. 오늘은 피가 잘 나왔다. 위장에 숨통이 트였다.

별안간 의문이 생겼다. 마음이 체하면 무엇으로 뚫어야 할까? 꾹꾹 눌러 담는 건 방법이 아닐 테고. 그건 많이 해봤지만, 전혀 도움이 되지 않았다. 마음에도 막힌 곳을 톡 찔러줄 '바늘'이 필요하다. 무엇일까? 길게 생각할 필요도 없었다, 그건 '글쓰기'였다.

친구에게도 가족에게도 온전히 털어놓지 못하는 체증이 쌓이면 나는 노트를 편다. 한탄이건 한숨이건 하소연이건 무엇이든 쏟아놓는다. 쓰는 행위는 마치 생물과 같아서 어느 순간 내 어깨를 두드리고 손을 잡아준다. 보일 듯 말 듯 실마리를 내밀고 나를 이끈다. 그걸 따라 걷다 보면 결국 동굴 끝에 다다른다. 빛이 보인다.

　삶이 흔들릴 때마다 곁에 두어야 할 구급약,
글쓰기란 그런 것이다.

2020. 7. 23

장래희망은 미니멀리스트

미니멀리스트가 되고 싶었다.

도서관에서 미니멀리즘에 대한 책을 빌려왔다. 『심플하게 산다』『심플하게 산다 2』『나는 인생에서 중요한 것만 남기기로 했다』『뿌리가 튼튼한 사람이 되고 싶어』『버리면 버릴수록 행복해졌다』 등.

우선 『심플하게 산다』를 읽었다. 2012년에 출간된 책이었다. 2020년이 끝나가는 현시점에서 보면 맞지 않거나 간혹 동의할 수 없는 부분도 있었다. 그러나 물건, 집, 시간, 몸, 관계, 마음에 대해 총체적으로 생각해 보기엔 충분했다.

먼저 옷장을 열었다. 강의를 하는 몇 년 사이 (나답지 않게) 옷이 늘었다. 도서관 등 공공기관에서 사람들 앞에 서려면 말끔한 옷이 필요했다. 연구소로 강의를 들으러 오는 사람들을 만나기 위해서도 마찬가지였다. 그러나 코로나 시대가 닥쳤다. 공공기관의 대면 강의는 대부분 없어졌다. 나 역시 사무실을 집으로 옮기고 온라인 체제로 변신했다. 그러는 동안 옷을 새로 사지 않았다. 살 필요가 없어졌다. 있는 것들만으로도 족하다 못해 넘친다.

첫 번째로 비울 것은 옷장이었다. '비운다'는 곧 '버린다'와 상통한다. 버려야만 비울 수 있었다. 나는 사계절별로 몇 가지씩만 남기려고 했다. 그러나 곧 깨달았다. 우리에게 계절이란 단순히 봄 여름 가을 겨울만 있는 것이 아니라는 걸. 봄이라 해도 아직 추운 3월용 옷들과 여름에 다가서는 5월용 옷들은 완전히 다르다. 가을옷과 겨울옷도 여러 겹이다. 여름만 통일이 된 달까. 초보 미니멀리스트의 한계였다.

나름대로 계절을 세분해서 최선의 선택을 했다. 오십여 벌의 옷들을 추려냈다. 남은 옷 중에서도 그대로 두어야 하나 치워야 하나 망설여지는 것들이 있었다. 정리의 여왕 곤도 마리에는 '설레지 않는 것은 모두 버려라!'라고 했다. 하지만 사람의 마음이란, 그렇게 단순한 게 아니라고요. 천천히 하자. 나의 미니멀 지수가 올라가면 반비례로 옷 개수도 줄어들겠지.

옷장 안이 널널해졌다. 옷을 찾기도 한층 쉬워졌다. 밀린 방학 숙제를 해버린 듯 시원했다. 동시에 옷을 고르는 기준이 명확해졌다. 꼭 필요한 것. 디자인이 완전히 마음에 드는 것. 내 몸에 딱 맞는 것. 유행을 타지 않는 것. 기존의 옷들과 잘 어울리는 것. 원단의 질이 좋아 오래 입을 수 있는 것. 또 하나 덧붙이면, 명품이 아닌 한 가격에 크게 반응하지 말 것.

내가 옷을 살 때 최우선으로 고려하는 조건이 가격이었다. 다시 말해 가성비. 가성비 좋은 것들의 치명적인 단점은 수명이 짧다는 것. 싼 것 여러 개를 사느라 시간과 에너지를 낭비하느니 비싸더라도 오래가는 것들을 선택하는 게 현명하다. 나는 그게 잘 안 되는 사람이었다. 몸에 밴 짠순이 기질이란!

늘어놓은 기준이 제법 까다로웠다. 내가 가지고 있는 옷들을 정확하게 파악해야만 맞출 수 있겠다. 사계절을 넘어서는 '세세한 계절별'로 옷의 종류와 개수를 기록해 놓으면 정리와 쇼핑이 수월해질 것 같다. 치우고 싶은 옷들을 골라내기. 어떤 것을 버릴까 말까 고민하기. 새로 살 옷의 기준을 정하기. 가지고 있는 옷의 목록을 적어 놓기.

오호라, 이건 나에게 관심을 기울이고 들여다보는, 자신과 대화하는, 내가 진짜 원하는 것을 알아가는 과정이었다. 버려야 비워지고 비워야 채워진다는 말이 실감 났다.

2020. 11. 12

늦깎이의
귀걸이 이론

"느이는 어째 엄마를 안 닮았니?"

엄마가 언니와 나를 보며 자주 하는 말씀이다. 울 엄마로 말할 것 같으면 젊어서부터 화장은 선수급. 반지, 귀걸이, 목걸이는 필수 아이템. 심지어 손톱에 매니큐어도 이쁘게 잘 바른다. 여든 넘은 노인네가 시력도 좋다니까?

주말에 언니 집에 모셔오면 반드시 들르는 코스가 네일 숍. 언니나 나나 꿈도 꾸지 않는 진한 꽃분홍은 엄마에게 기본이다. 덮어놓고 화사해야 울 엄마 눈에 차니까. 하긴 우리는 매니큐어를 바르지도 않는다. 통틀어 서너 번 정도 발라봤을까? 즉 자매 모두 꾸미는 데는 관심도 소질도 없었다.

그럼에도 불구하고 예외로 즐기는 액세서리가 하나 있다면, 귀걸이였다. 언니는 두 딸의 영향 때문인지 예전부터 귀걸이를 자주 했다. 아마 일찌감치 귀를 뚫었을 것이다.

나는 꽃 같던 이십 대에는 귀걸이고 목걸이고 안중에 없었다. 도리어 나이 먹고 귀걸이에 빠졌다. 언젠가부터 예쁜 귀걸이를 보면 하고 싶은 욕구가 활화산처럼 솟는 것이었다. 그런데 맘에 드는 귀걸이는 예외 없이 구멍에 끼우는 스타일이었다. 귀를 못 뚫은 나에겐 그림의 떡.

삼십 대에 나도 귀 뚫기를 시도했었다. 처음 귀를 뚫었을 때 진물과 피가 나고 영 아물지 않길래 포기하고 말았다. 이십여 년이 지난 후에 다시 결심했다. 반드시 내 귀에 구멍 한 쌍을 남기고 말리라. 결심까지 할 일인지는 모르겠으나 나는 진지했다. 귀를 뚫고 육 개월을 넘게 버틴 끝에 드디어 완전한, 다시 말해 귀걸이를 걸 수 있는 귀가 되었다.

야호, 기어이 나도 귀걸이를 할 수 있는 종족이 되었다네! 여행을 갔을 때 나는 마음껏 귀걸이를 살 수 있어 흡족했다. 의외로 여행지에서 귀걸이를 흔하게 판다. 귀걸이가 훌륭한 기념품이 된다는 걸 모르는 사람들이 있는데 말이지, 한번 들어 보실라우?

'가벼운 데다 부피가 나가지 않고, 현지에서 바로 사용할 수 있을 뿐 아니라 선물로도 탁월하다. 더욱이 우리나라에 없는 독특한 스타일을 건질 수 있다.'

어떤가, 매력적이지 않은가? 나는 유럽 여행 중 스페인에서 예쁜 귀걸이를 여러 개 사 왔다. 스페인 느낌이 물씬 나는 안달루시아풍의 아이들로 건져왔다. 세비야 구시가지 기념품점마다 전시된 알록달록한 귀걸이들을 구경하는 건 여간 재밌지 않았다. 제대로 필받은 나는 스페인 다음 여행지였던 프랑스와 독일에서도 귀걸이를 샀다.

그중 두어 개는 언니에게 선물하고 나머지는 내가 하고 다녔다. 한국 여자들은 주로 귀에 붙는 조그만 귀걸이를 하는데 이것들은 정반대로 커다랗고 발랄하다. 평생 수수한 쪽이지만 귀걸이만큼은 튀어도 괜찮다는 개똥철학을 고수한다. 나에게 허락하는 작은 사치랄까.

　어느 날 동네 친구는 눈을 동그랗게 뜨고 말했다.
　"자기, 귀걸이가 너무 화려한 거 아냐?"
　나는 고개를 쳐들고 답해 주었다.
　"뭐 어때? 취향이니까 존중해 주셔!"
　인간을 두 부류로 나눈다면 '정해진 때를 따르는 사람'과 '제 맘대로 때를 만드는 사람'이 있다고 할까. 나는 후자, 특히 '늦깎이 전문형'이라고 해야 맞을 것이다. 뭐든 뒤늦게 저지른다. 여행도 출간도 일도 운전도 귀걸이까지. 히히히.

　'지랄 총량의 법칙'과 '고통 총량의 법칙'에 이어 '예쁨 총량의 법칙'도 있는 것 같다. 뭐가 됐든 생에서 '총량의 법칙'이란 존재하는 게 틀림없었다. 빠르든 늦든 할 일은 언젠가 반드시 하게 된다니까? 나에게 남은 늦깎이 용 할 일은 또 뭐가 있을까?

2021. 2. 7

명절에서 해방된
여자와 남자

잠이 깼다.

눈가에 아직 잠기운이 남아있었다. 눈을 뜨자마자 벌떡 일어나는 모범형 인간은 아니다. 나는 이불 속에서 이리저리 뒹굴었다. 뻑뻑한 눈이 조금씩 풀렸다. 천천히 몸을 일으켰다. 베개와 이불을 가지런히 정리하고 부엌으로 나갔다.

식탁에는 남편이 먹은 흔적이 가득했다. 바나나와 찐 고구마 껍질, 과자 부스러기, 커피 믹스가 말라붙은 머그잔. 알아서 먹는 건 좋은데 치우는 것까지 바란다면 (지나친) 욕심일까?

남편이 스스로 아침밥을 먹도록 연습시키는데 약 오 년이 걸렸다. 결혼하고 15년까지는 당연히 내가 차려주었다. 그런데 유방암과 함께 극

심한 불면증이 따라왔다. 아침 일찍 일어날 수 없는 체질이 되어버렸다.

나는 더 이상 아침밥을 차려줄 수 없다고 선언했다. 혼자 먹고 출근하라고. 간단히 먹을 수 있는 빵과 떡, 과일 등을 준비해주었다. 그는 드러내거나 드러내지 않는 짜증으로 불만을 표시했다. 일생 엄마와 아내가 챙겨 주는 아침상을 받았던, 전형적인 한국 남자는 몸에 밴 습관을 좀처럼 벗어버리지 못했다.

나 역시 굴하지 않았다. 아침잠은 당장 내 건강과 직결되는 문제였다. 남편 기분을 맞추자고 건강을 또 포기할 수는 없었다. 같은 실수를 반복한다면, 그건 우연이 아니라 고의가 된다. 내가 나에게 가하는 발길질인 것이다. 나는 몰래 한숨을 내쉬며 그저 버티었다.

오 년 후 그가 적응하기 시작했다. 물방울이 바위를 뚫는다는 건 이럴 때 쓰는 말이다. 아무런 동요 없이 아침밥을 챙겨 먹게 된 것이다. 밥, 국, 반찬으로 구성된 한식이 아니면 거들떠보지도 않던 남편이 떡이든 과일이든 군말 없이 먹는 경지에 이르렀다. 단 평일에 한해서.

주말엔 혼자 일어나 빵, 과일, 과자 등을 잔뜩 먹고 나서 꼭 물어본다. '그런데 밥은 언제 먹냐?' 아직 물방울의 힘이 부족한 게야. 먹고 나면 치워야 한다는 걸 가르치려면 또 몇 년이 걸리려나? 않느니 죽지, 그건 내 쪽에서 포기한다.

그는 일찌감치 산에 갈 준비를 하고 있었다. 명절 전날에 친구를 만나는 건 수십 년간 계속되어온 일과였다. 오늘은 친구와 등산을 하고 밤에 부모님 댁에 갈 것이다. 내일 아침에 아들이 할아버지 댁에 가면 저녁에 함께 돌아올 예정이다.

며느리인 나는? 안 간다. 유방암 환자가 되고 나서 '며느리를 그만뒀다.' 한국의 여느 며느리들처럼 나도 오랫동안 괴로운 명절을 보냈었다.

어디 명절뿐인가. 명절보다 새털처럼 많은 보통 날이라고 다르지는 않았다.

'라떼'를 외치는 꼰대 같지만 요즘 '며느라기'에 등장하는 상황은 껌이라고나 할까(그럼에도 불구하고 여전히 본질이 같은 '며느라기'를 보면서 가슴이 아팠다) 인생 좀 살아보면 현실이 영화나 드라마보다 가혹할 수 있다는 걸 알게 된다. '며느리 사퇴'는 건강과 맞바꾼 비장의 한 패였다.

그때부터 나는 남편에게도 일절 사위 노릇을 요구하지 않았다. 며느리 노릇에 비해 사위 노릇이랄 게 별나게 있을까마는. 장모님이 차려주는 밥을 맛있게 먹어주는 역할 정도? 어쨌든 나도 그에게 똑같은 자유를 선물했다. 명절이고 생신이고 평일이고 사위로써 해야 할 의무는 전혀 없다. 처가에 안 가도 상관없다. 처가 식구 중 누구도 눈치 주지 않는다. 각자 자기 부모님은 자기가 챙길 것. 효도는 셀프, 그게 전부다.

마침내 우리는 명절에서 해방된 여자와 남자가 되었다. 이십 오 년을 거쳐 어렵게 만든 중립 지대였다. 어쩌면 38선 같은 휴전선일지 모르겠다. 보다시피 부상을 피할 순 없었고 흉터는 평생 남을 터. 언젠가는 휴전이 완벽한 종전으로 바뀔 수 있을까?

결코, 자랑할 만한 결혼생활은 아니지만 평안해진 건 분명했다. 오늘 나는 느지막이 일어나 토스트를 먹고 글을 쓴다. 내일 아침엔 산책을 할 것이다. 명절 당일에 한가한 산길을 혼자 걸으면 살짝 행복해진다.

요즘 말로 완전 꿀이다, 꿀!

2021. 2. 11

에스프레소 같은
유방암 9년 차의 맛

10시 14분, 내 진료시간.

평소처럼 우면산 터널을 지나 서울성모병원에 도착했다. 주차하고 유방암센터에 올라가니 시간이 딱 맞았다. 벽에 걸린 모니터에는 내 앞으로 다섯 명의 이름이 떠있었다. 저 중에는 막 유방암 진단을 받고 덜덜 떠는 사람도 있을 테고, 한창 항암 중인 사람도 있을 것이다. 모두에게 따뜻하게 손 한 번씩 잡아주고 싶었다.

유방암센터는 새롭게 단장을 했다. 위치도 옮겼고 내부는 카페처럼 넓고 밝게 꾸며 놓았다. 암센터의 우울한 분위기를 상큼하게 바꾸려는 배려심일까? 노력은 인정!

어쩐 일인지 북적대던 평소와 달리 한가했다. 그런데도 내 차례가 오기까지 한 시간이 걸렸다. 유방암 9년 차. 세월을 먹고 환자 노릇도 익숙해졌다. 나는 느긋하게 기다렸다. 지난주에 종합검사를 했고 오늘은 결과를 듣는 날.

마침내 내 이름을 불렀다. 젊은 여자 의사는 컴퓨터를 들여다보고 있었다. 고백한 적은 없지만 나는 그녀를 좋아한다. 그녀는 몇 년 전 내가 심한 부작용 때문에 타목시펜(항호르몬제)을 끊었다고 했을 때 유일하게 내 결정을 존중해 준 의사였다. 그녀는 시원했고 솔직했고 털털했다. "결정은 환자의 몫이죠." 아직도 36.5도의 온기를 지닌 그 말을 기억한다.

9년 차도 무사통과. 여전히 콜레스테롤 수치가 높았다. 지난 일 년 동안 매일 만 보 이상 걷고 체중을 6kg이나 줄였는데 소용이 없었다. 불면증 역시 불알친구처럼 옆구리에 딱 붙어있다. 재발이나 전이에 비하면 불면증이니 고지혈증이니 하는 것들은 견뎌야겠지. 나는 충분히 감사했다. 다시 암 환자가 되지 않는 것만으로 이번 생, 후반전의 행운은 이미 몰빵이었다.

가족 단톡방에 '9년 차 종검 이상 무!'라고 올리고 나서 내년도 검사를 예약했다. 문득 허기가 몰려왔다. 병원 지하 식당에서 밥을 먹을까 하다가 고개를 저었다. 병원에서는 늘 밥을 먹고 싶지 않았다. 그건 반칙 같았다. 밥은 제대로 된 식당에서! 나는 차를 빼서 우리 동네로 달렸다. 이마트에 주차하고 같은 건물에 있는 돈가스 식당으로 들어갔다. 뜨끈한 '돈가스 김치 나베'를 시켰다.

9년 동안 무사했다는 안심과 함께 묘한 피로감에 젖었다. 9년이 고단했다. 그렇다고 마냥 나쁘지만은 않았다. 밥 한 공기와 김치 나베를 마지막 한 숟갈까지 비웠다. 배가 터질 것 같아 쨍한 에스프레소 당첨.

앙증맞은 잔에 담긴 커피는 진하고 알싸했다. 이 순간 내 인생 같은 맛이로구나. 부처님의 말씀처럼 인생이란 자고로 고통의 바다일까, 아닐까? 역시 기쁨보다 고통이 많았을까? 하지만 기쁨이 작고 가볍지는 않았다. 무엇이 더 중한지 신의 저울에 달면 판명 날까?

분명한 건 기쁨도 고통도 모두 삶의 귀한 재료라는 점이다. 고통의 이면엔 기쁨이 숨어있었고 기쁨 뒤엔 그림자처럼 고통이 자리했다. 단정지어 결론을 낼 수 없는 것이 사는 일인 것을. 오십이 넘었지만, 생이란 여전히 수수께끼. 아마 죽는 날까지 그러할 듯.

기왕이면 하고 싶은 일을 자주 하고, 하기 싫은 일은 가끔만 하고, 에스프레소의 맛을 볼 수 있으면. 그러면 아마 괜찮을 것이다.

2021. 3. 7

단순한 삶을 위한 쇼트커트

머리를 잘랐다.

오래전부터 뒤통수가 시원한 쇼트커트를 치고 싶었는데 기어코! 까짓 커트가 뭔 대수냐고 하겠지만 나름 용기가 필요했다. 나는 턱이 있는 편이다. 도드라진 사각 턱까지는 아니더라도 흔히 미인형이라 일컫는 계란형과는 가깝지 않다. 머리카락을 묶으면 각진 턱이 강조되어 아들은 일부러 "엄마는 네모야!"라며 놀리곤 했다. 특히 살이 찌면 얼굴이 진정한 네모 형태로 업그레이드된다.

한때는 긴 머리가 로망이었던 시절도 있었다. 오 남매의 넷째로 태어난 죄로 어릴 때부터 짤막한 바가지 머리가 전공이었다. 울 엄마는 결코 가운데 끼인 둘째 딸의 머리를 길러주지 않았다. 이십 대 중반 드디어 어깨너머까지 머리를 길러 보았다.

스물여덟, 결혼하자마자 임신을 했는데 머리카락이 어찌나 빠지던지 즉시 단발로 갈아탔다. 이후로 쭉 단발로 살다가 나이 오십에 머리를 길렀다. 이십 대처럼 어깨를 훌쩍 넘어가는 길이로. 마지막 긴 머리일 거라고 어렴풋이 짐작했었다. 아니나 다를까, 2년쯤 해 보았더니 세상 귀찮았다. 미역처럼 긴 머리를 감고 말리고 또 헤나 염색을 하고, 아이고. 단발로 원위치.

쇼트커트를 소망하게 된 건 단발마저 귀찮았기 때문이다. 샤워 후 간단하게 끝내는 머리 관리. 말리고 자시고 할 것도 없이 수건으로 탈탈 털어놓으면 끝나는, 오 극강의 헤어스타일. 그러나 얼굴은 더욱 네모가 되어 못생겨질 텐데. 해결책은 엉뚱한 데서 튀어나왔다.

바로 느닷없는 코로나 시대. 연구소의 모든 프로그램을 진행할 수 없게 되었다. 노느니 나는 운동을 시작했다. 가장 만만한 걷기로. 처음엔 만 보를 걷다가 만 오천 보를 걸었고 나중엔 온라인 걷기 모임 '만보클럽'을 만들었다.

성실하게 걸은 지 1년 5개월째, 만보클럽은 이번 달이 10개월째. 살이 빠져서 각진 턱이 조금 깎인 것 같았다? 눌러놓았던 쇼트커트를 향한 욕망이, 라면 냄비 속 뜨거운 김처럼 새어 나왔다. 선뜻 실행하지 못했는데 어느새 여름이 다가왔다. 서프리카라는 악명을 얻은 한국의 여름, 그것의 한복판에 들어서기 직전, 습한 장마철이 나를 떠밀었다. 서프리카에 데이지 말고 시원하게 자르자. 네모가 되건 말건 해 보고 싶은 건 해 보고 죽자. 쓸데없이 비장한 마음으로 미용실에 갔다. 가기 전 '여자 쇼트커트 헤어스타일'이라는 단어로 검색을 했다. 무슨 무슨 연예인

커트 등이 이어졌다. 쉰넷에 무슨 연예인 헤어스타일이야, 하면서도 김채원 컷이 마음에 들었다. 과연 가당키나 하겠냐만.

헤어 디자이너는 어떤 스타일을 원하냐고 물었다. '어머나, 원한다고 되는 거였나요?' 나는 그녀에게 질문을 돌려주었다. "어떤 게 어울릴까요? 참고할 스타일을 볼 수 있을까요?" 그녀는 태블릿 화면에 여러 가지 커트 머리를 띄웠다. 쇼트커트는 다 거기서 거긴데 옆머리를 짧게 치느냐 아니면 귀 뒤로 넘어가게 치느냐의 차이란다. 이런저런 의논 끝에 후자로 결정.

수석 디자이너라는 명패를 가진 그이는 무척 조심스럽게 머리를 잘랐다. 얼마 후 결과물에 디자이너도 손님도 놀랐다. 웬일이야, 기대하지 않는데 찰떡같이 어울려! 나보다 그녀가 더 뿌듯해했다. 속으로 걱정했나 보다. 소망대로 샴푸 하고 말리는 데에 드는 시간은 십 분의 일로 줄었다. 오, 예!

어떻게 쇼트커트를 하게 되었는지 별것도 아닌 사연을 구구절절 적었지만, 나를 그렇게 만든 건 '단순한 삶' 쪽으로 가까워지고 싶은 내면의 욕구였다. 물론 긴 머리를 유지한다고 해서 단순한 삶에서 벗어난다고 주장하는 건 아니다.

적어도 나에게는 짧은 머리가 단순함을 의미했다. 불필요한 치장에 쓰이는 시간과 에너지가 아깝다 못해 지겨웠다. 쉽고 간단한 방식으로 일상을 변화시킬 수는 없을까? 그런 의문에 대한 구체적인 답을 또 하나 찾아낸 것이다.

올해 들어 신기한 현상이 이어졌다. 한 걸음을 디디면 자연스레 다음 발이 나가는 것처럼 서로 연결되어 이루어지는 것들이 생겼다. 코로나로 인해 걷기 운동을 시작하고, 만보 걷기를 했는데 체중이 감량되고, 얼굴 살이 빠지니 쇼트커트를 감행하고…….

다음엔 무엇이 나를 또 놀랍고도 기쁘게 만들어 줄까? 이야, 진짜 기대가 된다.

2021. 7. 13

이 재택근무,
나는 반댈세

"엄마, 오늘 점심은 뭔가 상큼한 게 먹고 싶은데?"
"상큼이고 뭐고 그냥 감자찌개 끓일 거야!"

아들이 주 3일 재택근무를 하고 있다. 첫 번째 회사를 거쳐 두 번째 직장이다. 덩달아 나까지 때아닌 애로사항에 시달린다. 입사와 동시에 나는 자식의 점심을 해결해주어야 했다. 처음엔 별일 아니었다. 아들은 해외 대학 4년 반에 군대 파병 2년, 이리저리 약 7년을 외국에서 지냈다. 드디어 매일 자식 얼굴을 볼 수 있다는 게, 마냥 기쁘기만 했다.

회사 일은 정신없이 바빴다. 와중에 알차게 연애까지 한다. 다 자란 아들에게 딱히 바라는 건 없었다. 다만 오랫동안 떨어져 살았기에 가끔은 오붓한 가족 시간을 기대했으나. 평일은 밤늦게까지 일하며 틈틈이 여친 챙기고 주말과 휴일엔 전심으로 그녀에게 올 인이다. 자식은 어디 가고 남친만 남았다.

예상은 했지만, 이 정도일 줄은. 딸들은 연애를 해도 눈치껏 처신한다던데. 그려, 이렇게 연습해야 나중에 자상한 남편이 되겠지. 내가 예방주사를 단단히 맞고 있다.

문제는 내가 일에 집중할 만하면 금방 12시가 다가오는 것이다. 회사 앞 식당도 아닌데 12시가 땡 치면 점심을 대령해야 한다(나는 느지막이 2시쯤 먹는 편이었다). 오랫동안 혼자 살던 아이가 집밥이 먹고 싶다는데 엄마가 되어서 외면할 순 없었다.

예전처럼 내 사무실이 집과 뚝 떨어져 있으면 이렇게까지 매이진 않았을 텐데. 지금은 우리 집 뒷동, 불과 1분 거리. 11시 반이면 하던 일 팽개치고 집으로 뛰어가야 한다.

입맛이 까다롭지 않아 무엇이든 잘 먹긴 하지만, 그것이 몇 달째. 이젠 지친다. 어느새 녀석은 버튼을 누르면 먹고 싶은 메뉴가 튀어나오는 음식 자판기로 엄마를 이용하고 있었다. 매번 니가 원하는 걸 만들어주는 게 쉬운 줄 아니? 엄마도 엄마의 일이 있단다, 제발 점심은 각자 해결하면 안 되겠니?

점심뿐인가. 6시가 되면 저녁밥도 따박따박 챙겨줘야 한다. 왜냐, 밥 먹고 힘내야 다시 일을 하니까. 아무리 재택이라지만 왜 퇴근이 없냐고! 지나치게 열심히 일하는 거 아니냐, 다른 직원들도 너처럼 하냐고 한소리 할라치면. 엄마는 잘 몰라서 그런다, 나라고 퇴근을 안 하고 싶겠냐, 정해진 시한 안에 끝내려면 어쩔 수 없다고 짜증 비슷한 게 돌아온다.

출근과 퇴근을 했던 이전 회사가 양반이었다. 그때는 나와 아들의 생활이 적당히 분리되었다. 지금은 거실이 아들의 사무실이 되었다. 아이 방은 좁아서 잠만 잔다. 거실 역시 코딱지만 하기는 매한가지. 온라인 회의 시간마다 나는 집안에 얼씬도 못 한다.

재택근무란, 우리 집같이 작은 공간과 또한 식당이라곤 두 개밖에 없는 우리 동네에서는, 무리한 노동 형태라는 걸 처절히 체험했다. 정상적인 전일제 출근은 언제나 되려나?

뒤늦게 '이식이'에게 코를 꿰었다. 그나마 '삼식이'가 아닌 까닭은 얘가 아침밥은 먹지 않기 때문이다. 일주일 내내도 아니고 삼일인데 그것도 힘드냐고 타박하신다면, 네 그것도 힘들어요. 혼자서 간단히 먹다가 돌연 식당 아줌마로 빙의하여 시간 맞춰 밥해주기가 쉽진 않네요. 성실한 전업주부 생활은 진작 졸업했는데 다시 입학할 줄은 몰랐다.

열여섯 살까지 대안학교를 7년 다니는 동안, 매일 새벽에 일어나 갓 지은 밥과 반찬으로 도시락 2개를 싸줬다. 내게는 대한민국 엄마들이 누리던 해방구 '급식'이 없었다. 그만하면 엄마로서 할 만큼 한 거 아니겠어요?

아들이 대학생이 되자 나는 '육아 해방 만세!'를 외쳤다. 실로 해방의 맛은 다디달았다. 멀리 있는 아들이 그리웠지만, 한편으론 자유로웠다. 따로 살 땐 연애를 하든 헤어지든 지지고 볶든, 눈앞에 없는데 뭔 상관이랴.

얼마 전 한 작가님의 글을 읽었다. 아들이 대학에 들어간 후 요리를 그만두었다는 이야기였다. 의, 식, 주 세 가지의 가사노동 중 '식' 하나에서만큼은 벗어나겠다고 선언했단다. 각자 알아서 해 먹어라, 이 소리다. 내 속이 다 시원해라.

그녀의 아들은 "아빠, 우리 이제 엄마를 건드리지 말자. 폭발할지도 몰라." 말했고 남편이 자기가 먹을 음식을 스스로 요리하기 시작했다. 얼마 후 "근데 요즘 나만 요리를 하잖아?" 불평하는 남편에게 그녀가 "그걸 나는 평생 혼자 해왔다고!" 말했다. 남편은 입을 다물었단다.

그 작가님의 생각도 나와 같았다. '이십 년이 넘도록 했으면 할 만큼 했다, 아이가!' 주부의 (부분적인) 정년퇴직을 인정해 주는 가족, 멋지지 않은가.

우리 집의 경우, 그동안 엄마도 자식도 자기만의 생활 방식에 익숙해져 있었다. 성인이 된 아들과는 어릴 때와 달리 서로 불편한 구석이 생겼다. 이래서 우리 언니가 큰딸을 원룸으로 내보낸 거였군. 이해가 된다. 이 녀석은 방을 얻어 나가라 해도 고개를 흔든다. 하긴 월세와 생활비 굳겠다, 밥 얻어먹겠다. 굳이 나갈 이유가 없네.

그나저나 점심만이라도 어떻게든 해결을 봐야겠다. 저녁에 찌개나 국을 미리 끓여 놓고 다음 날 점심에 냉장고의 반찬들과 함께 먹으라고 할까? 두 개뿐인 식당, 김밥집과 순대국밥 집에서 번갈아 사 먹으라고 할까? 아니면 아무거나 배달시켜 먹으라고 할까?

2021. 10. 8

10년이라는
이름값

2022년 3월 22일.

유방암 10년 차 검사 결과를 들었다. 일주일 전 종합검사를 받을 때도 걱정은 하지 않았다. 나는 일말의 의심도 없었다. 혈액 검사를 포함해서 총 일곱 개의 검사는 솔직히 매우 귀찮았다. 귀찮다니, 그 자체가 이미 위험지대를 벗어난 사람의 태도였다.

의사가 바뀌었다. 드물게 환자를 존중해 주었던 전 의사는 퇴직했고 다른 일반의를 만났다. 그는 웃는 얼굴로 다 괜찮다고 했다. '드디어 10년 통과!'라는 지점에 이르면 격정적인 환희에 휩싸일 줄 알았다. 그러나 잔잔한 물결 같은 기쁨이 밀려왔다. 나는 깊은숨을 크게 쉬었다.

내년부터 유방 촬영과 유방 초음파, 두 개의 기초적인 검사만 받으면 된다. 비로소 지긋지긋한 검사로부터 탈출이다! 혹시나 하는 불안감에서도 멀디멀어졌다. 의사는 안도하는 나에게 주의점을 알려주었다.

골 감소증으로 골밀도 수치가 낮다고 했다. 햇볕을 쬐면서 걷고 푸른 채소를 섭취하란다. 처음 듣는 이야기는 아니었다. 타목시펜을 복용할 때는 골다공증 진단을 받았었다. 약을 끊고 나서 조금이나마 수치가 올라간 것이었다.

"제가 매일 만 보씩 걷고 채소도 챙겨 먹고 있어요."

그는 다시 말했다.

"잘하고 계시는 것에 비해 효과를 보지 못할 수도 있습니다. 유방암 치료 후에는 그런 경우가 많아요. 어쨌든 더 나빠지지만 않게 관리를 해주세요. 현재 뼈 나이가 70대 수준이에요."

앗, 70대라고! 단순히 골 감소증이라고 하는 것과 구체적으로 70대라 하는 것은 엄청나게 느낌이 달랐다. 작은 펀치를 한 대 맞은 기분이랄까. 10년이라는 세월이 갖는 의미가 '왕자와 공주는 결혼해서 행복하게 살았답니다'라는 동화는 아니었다. 치료의 모든 과정, 즉 수술과 항암, 항호르몬 주사 및 항호르몬제는 나의 뼈를 70대 할머니로 만들어버렸다.

올해가 쉰다섯이니까 앞으로 15년을 이대로 유지하면 뼈 나이와 실제 나이가 같아지겠다? 그럼 정상이 되겠네? 하하하. 속으로 농담을 던지고는 내년도 검사 예약에 골밀도 검사를 추가했다. 골밀도, 네놈도 추적 관찰이 필요해.

골 감소증뿐이랴. 크게는 불면증과 고지혈증, 작게는 위장 장애와 저질 체력. 유방암 재발(또는 전이)을 피한 대신 맞닥뜨린 것들이다. 최선의 결과는 아니었지만, 차선이라도 만족한다. 조심하면서 살면 되지. 세상에 완벽이란 없으므로.

지난 십 년이 차례로 떠올랐다. 아들과 함께한 세계 여행의 끝에서 덜컥 유방암 환자가 되었다. 착실하게 치료를 받았지만, 결코, 쉽지는 않았다. 그럴수록 어둠에서 벗어나 더욱 신나게 살고 싶었다. 나만의 방식은 하고 싶은 일을 손에서 놓지 않는 것, 그것이었다.

첫 책『고등학교 대신 지구별 여행』을 출간했고 필리핀 어학연수를 다녀왔다. 해마다 해외여행에 도전했고 여행 강의를 시작했다. 두 번째 책 『중년에 떠나는 첫 번째 배낭여행』을 출판하고 〈강소율여행연구소〉를 열었다. 독서 모임, 글쓰기 모임, 걷기 모임을 운영했다. 여행과 책과 글쓰기를 좋아하는 여자들을 만나 행복했다. 우리는 따뜻하고 느슨한 친구 사이로 발전했다. 아픈 몸으로도 참 재미나게 살았다. 괜찮은 인생이다.

유방암 이전이 '인생 1부'였다면 유방암과 함께한 십 년은 '인생 2부'였다. 이제부터 새로운 '인생 3부'의 페이지가 시작되었다! 어떤 일들이 나를 기다리고 있을까? 나는 또 어떤 일들을 시도할까? 내 사전에 적혀 있다, 시도는 항상 정답이라고. 가슴이 뛴다.

2022. 03. 23

에필로그

노분 제주도민입니다만

행정구역은 읍도 면도 아닌 리. 겨울바람이 몰아치던 작년 12월, 혼자서 이 섬에 들어왔다. 이효리가 '소길댁'이었다면 지금의 나는 '행원댁.' 제주시 구좌읍 행원리가 나의 새 주소다. 즉 유방암 십 년 이후의 '인생 3부'를, 여기 제주에서 시작하게 되었다.

일 년 사계절을 제주도에서 오롯이 살아보고 싶은 꿈이 있었다. 그러나 막연한 꿈 그 자체였다. '언젠가는'이라는 꿈. 언젠가에 구체적인 시기를 부여한 건 엉뚱하게도 '코로나'였다. 아직 코로나가 완전히 물러가지 않은 2022년 초. 자유로운 해외여행의 안전성이 보장되지 않는, 이때가 적기라는 생각이 들었다. 뭔가 애매할 때 확실한 무엇이 될 수 있었다,

나에게 제주 일 년 살이란. 코로나 시대임에도 불구하고 여행자 본능을 충족시키는 삶의 형태가 아니던가.

제주도행을 결정하기까지 나라고 걱정이 없지는 않았다. 수년간 떨어져 살았던 아들이 직장에 다니고 있었다. 오랜만에 세 식구가 모였는데 굳이 엄마가 일 년이나 집을 비워도 될까? 남편도 말로는 가라고 하지만 막상 현실로 닥치면 정말 괜찮다 할까?

결단을 내리지 못한 채 집이나 둘러보려고 11월에 잠시 내려왔다. 그런데 매물이 씨가 말라 자칫하면 집을 구하지도 못하게 생겼다. 하루에 하나의 집을 보기도 어려울 지경이었다. 얼떨결에 대충 적당한 집으로 연세 계약을 해버렸다. 열여섯 가구가 모여 있는 주택 단지였다. 잡목과 들판 사이의 외떨어진 시골. 읍내 생활권과도 거리가 멀었다. 촘촘히 계획했던 조건과는 여러모로 맞지 않았지만, 타협할 수밖에 없었다.

급작스러운 나의 제주 일 년 살이를 남편도 아들도 군말 없이 찬성해주었다. 특히 남편이 더 나이 들기 전에 해 보라며 등을 떠밀었다. 덕분에 마음 편히 올 수 있었다. 내가 한시적 제주도민이 되기까지 남편의 지지가 커다란 힘이 되었다. 안 맞아도 너무 안 맞는다며 남편 흉을 보면서 살았는데 공개적으로 칭찬과 감사를 표하게 될 줄이야. 당신 공이 크네, 고마워.

제주의 겨울은 예상보다 혹독했다. 거센 바람과 늘 흐린 날씨, 잦은 눈과 비. 특히 억 소리 나는 LPG 가스요금 때문에 난방을 마음대로 할 수 없었다. 아파트나 빌라를 얻었다면 사정이 나았을 것이다. 나는 겨우내 집안에서 두꺼운 파카를 입고 지냈다. 여행을 왔을 때는 전혀 경험하지 못했던 현실이었다. 잠깐의 여행과 매일의 일상은 매섭게 다른 것이었다.

4월, 벚꽃과 유채꽃이 한창이었다. 언제 추웠냐는 듯 아름다운 색색으로 유혹했다. 제주에서 맞는 두 번째 계절, 봄을 즐길 시간. 잔치는 지금부터! 곧이어 계절의 여왕 5월이 춤추듯 다가왔다. 나는 그녀와 함께 매주 숲길을 걷는다. 어린 시절 집순이였던 내가 마흔 넘어 여행을 알게 되었고 오십 중반 제주에서 살고 있다.

'후천적 저지름 증'을 마음껏 발휘하는 중. 저지르지 못하고 후회하는 것보단 저지르고 후회하는, 아니 기뻐하는 게 바람직하니까? 앞으로의 십 년도 이것저것 명랑하게 시도할 예정이다, 괜찮은 인생을 위하여!

2022년 행원리에서